童年书系·书架上的经典

[插图本]

[英]格雷厄姆/原著

李　琳/编译

柳林风声

浙江摄影出版社

目录

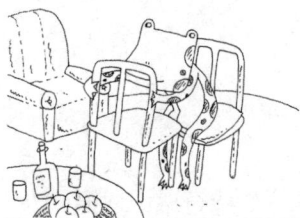

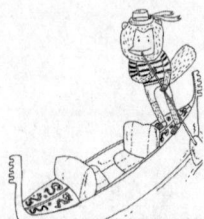

第一章 河岸

　　整个上午,鼹鼠都待在自己的小屋里做春季大扫除。他拿着刷子不停地劳作,一直干到眼睛里进了灰,喉咙里呛满土,脊背和胳膊也都痛了。突然间,鼹鼠感到春天的气息正在他头上的天空中流动,一种属于春天的渴望一下子穿透了他阴暗低矮的小屋。他猛地把刷子往地板上一扔,一边嚷着"让春季大扫除见鬼去吧",一边疾步冲出家门,连外套都没顾上穿。地面上那股不可抗拒的力量正在急切地召唤着他,于是他向着陡峭的地道奔去。鼹鼠刨了又挖,扒了又拱,小爪子忙个不停,嘴里还不住地念叨:"上去喽!上去喽!"最后,"砰"的一声,他的鼻子冒出了地面,伸到了阳光里,他的身体也在温暖柔软的草坪上打起滚来。

　　"太棒了!"他自言自语道,"这比刷墙有趣多了!"阳光把他的毛皮晒得暖暖的,微风轻柔地拂过他汗津津的额头。在黑暗的洞穴里蛰居了太久,他的听觉已变得迟钝,连小鸟的欢唱,听起来都像是能刺破耳膜的尖

叫一样。春天的欢乐，加上没有了大扫除的麻烦，让他兴奋地往空中一蹦，撒欢似的在草地上飞奔起来，一直跑到了草坪尽头的篱笆前。

"站住！"篱笆的缺口处，一只老兔子大喝道，"要想通过我的私家道路，你必须交六便士给我！"然而，鼹鼠并不把老兔子放在眼里，他顺着篱笆一路小跑，挑衅般地戏弄着其他兔子们，惹得他们一个个从洞口探出脑袋，迫切地想要知道外面到底发生了什么。"蠢货！蠢货！"他嘲讽地喊着他们，不等他们想出一句反击的话，他就一溜烟地跑得没影了。这一来，兔子们只能互相埋怨："瞧你多么愚蠢，为什么不说他……""哼，那你为什么不说……""你应该警告他的！"他们如此这般地碎碎念着，但结果却总是——太晚了。

一切都美好得不像是真的。鼹鼠跑过一片又一片的草坪，突然一抬头，发现前面是一条水流丰盈的大河，河的对岸还有一个黑黑的洞穴。他仔细地打量着洞穴，发现那里面有一个亮晶晶的东西倏忽一闪，定睛一看，竟是一只眼睛。围着那只眼睛，渐渐显出一张棕色的小脸。哈，是河鼠！

两只动物面对面站着，好奇又谨慎地打量着对方。

"你好,鼹鼠!"河鼠招呼道。

"你好,河鼠!"鼹鼠答道。

"你想到河这边来吗?"河鼠问。

"哎,你说得倒容易。"鼹鼠没好气地答道。其实这是他第一次见到河呢,他对河畔的生活方式完全是一无所知。

河鼠没说什么,弯腰解开一根绳子,用力地把一艘小船拉到身边。鼹鼠的心一下子飞到了小船上,虽然他压根儿就不明白它的用途。

河鼠老练地把船划到鼹鼠这边的河岸,稳稳地停住,然后伸出一只前爪,搀着鼹鼠小心翼翼地上了船,又把船撑离了岸边,荡起了双桨。

"今天真是太棒了! 你知道吗? 我这辈子还没有坐过船呢。"鼹鼠说。

"什么?"河鼠惊讶地张大了嘴巴,"从没坐过……你从来没……那你以前都干什么了呀?"

"待在船上有那么好吗?"鼹鼠害羞地问道。其实,当他舒服地靠在座位上,环顾四周的坐垫、桨片、桨架和其余令他着迷的设备,感觉小船在身下微微摇曳的时候,他已经知晓答案了。

"岂止是好,再也没有比这更美妙的事情了!"河鼠一边往前划,一边认真地回答,"相信我,年轻的朋友,这世界上绝对没有任何事情能带给你一半这样的乐趣,哪怕只是坐在船上闲待着也好啊。"

"当心前面,河鼠!"鼹鼠突然喊道。

太晚了。小船撞到了河岸上,划桨手河鼠仰面摔倒在船板上,四脚朝天。

"坐着船游逛也好,待在船上做事也好。"河鼠笑嘻嘻地爬了起来,若无其事地说下去,"在船里也好,在船外也好,都没有关系。随便怎样都好,这才是船惹人着迷的地方。对了,要是你今天没有别的事,咱们一块划到河的下游,逛它一整天可好?"

听了这个建议,鼹鼠乐不可支,他美滋滋地躺到软绵绵的坐垫上,说:"我要痛痛快快地玩一天,咱们这就动身吧!"

"好的,先稍等我一下!"河鼠说。他系好了缆绳,爬回了码头上面的自家洞穴里,不一会儿,提了一个沉甸甸的装满食物的篮子出来。

"把它推到你的脚底下去。"河鼠把篮子递上船,对鼹鼠说。然后他解开缆绳,重新开始划船。

鼹鼠深深地沉醉在波光、涟漪、芳香、水声和阳光交织而成的新鲜生活里,他把一只爪子放进水中,做起了长长的白日梦。善解人意的河鼠默默地划着船,生怕惊扰了他。

大约过了半个多小时,河鼠才开口说话:"老兄,我超级喜欢你这件衣服,等有了足够的钱,我也要弄一件黑色的天鹅绒衣服穿穿。"

"你说什么?"鼹鼠好不容易才回过神来,"你肯定觉得我不懂礼貌吧,可这一切对我来说太新奇了。你真的在河边生活吗? 实在太快活啦。"

"是的,我生活在河边,与河在一起,在河上,也在河里。河,就是我的全世界,拥有了它,我此生别无所求。"河鼠说。

"是不是有时也会感到一丁点的无聊呢?"鼹鼠壮着胆子问,"我是说,只有你跟河,没有其他的伙伴来说说话吗?"

"没有别的伙伴? 算了,我也不能苛求你,毕竟你是新来的,肯定不知道嘛。现在的河边早已过度拥挤啦,水獭呀,翠鸟呀,等等,成天围着你转,总是求你帮忙,好像人家就没有自己的事情要做一样。"

"那边都有什么呀?"鼹鼠举起爪子,指了指远处的一片林地。

"那是野林,我们河边的居民都不怎么去那边。"河鼠的回答特别简短。

"那里的居民都不友好吗?"鼹鼠略带紧张地问。

"让我想想,松鼠都挺好的,兔子嘛,有好有坏。哦,对了,还有亲爱的老獾,他住在野林正中央,没有人会去打扰他。最好他们也不去打扰他。"河鼠的最后一句话似乎暗含玄机。

"为什么? 谁会去打扰他?"鼹鼠问。

"这个嘛,当然……还有……别的动物嘛。"河鼠支支吾吾地答道,"黄鼠狼呀,白鼬呀,狐狸呀,还有别的。他们在某些方面也还行,我遇见他们时,也能一起玩玩。可是他们有时会管不住自己,反正你千万不能相信他们。"

鼹鼠知道,谈论任何可能的麻烦事都是动物界的禁忌,即便只是间接地提及也是不妥的,他就不再追问下去了。

河鼠把船停靠到一个静水湾,然后和鼹鼠一起上了岸,他们打算在岸边的草坪上吃午餐。鼹鼠想独自准备午餐,河鼠应允了他。鼹鼠抖开餐布,铺在地上,又从食物篮里取出了冷火腿、冷牛肉、三明治、啤酒、柠檬汁等各种美味。待他摆放停当之后,河鼠宣布:"开动吧!"鼹鼠立刻吃了起来,要知道,他一大早就开始忙活春季大扫除,根本没顾上吃饭,出门后又经历了好多事,感觉像是过了好多天。

他们吃了几分饱之后,鼹鼠不再死盯着桌布,开始把目光投向别处。

"你在看什么?"河鼠问。

"我看到河面上有一串泡泡在旅行,好有趣呀。"鼹鼠答道。

"泡泡? 啊哈!"河鼠欢快地发出了啧啧声,仿佛对谁发出了邀请。

一只闪着亮光的大扁嘴从水里冒了出来,原来是水獭。"贪吃的家伙!"他边说边朝食物走去,"你为什么不邀请我啊,河鼠?"

"噢,这只是一次即兴的临时野餐。"河鼠解释说,"顺便介绍一下,这是我的朋友鼹鼠先生。"

"见到你很荣幸。"水獭说。两只动物立刻就成了朋友。

"到处都闹哄哄的。"水獭继续说,"今天好像全世界都挤到这条河上了,我本想到静水湾来图个清静,没想到又碰上了你们两个!"

他们背后的树篱响起了一阵沙沙声,一个长着条形花纹的脑袋正伸出来窥探他们。

"嗨,老獾,过来呀!"河鼠说。

獾向前小跑了一两步,就嘟囔着说:"哼,有同伴!"然后掉头跑开了。

"唉,他就是这样,天生讨厌社交。"河鼠失望地说,"今天咱们谁都别想再见到他了。对了,水獭,你说说还有谁到河上来了?"

"蟾蜍!他穿着新衣服,驾驶着新赛艇,什么都是新的。"水獭答道。

话音刚落,河鼠和水獭就大笑了起来。

河鼠感慨地说:"他以前一门心思玩帆船,后来玩腻了,又迷上了撑篙的船,天天折腾,闯了不少祸。去年爱上了房船,说他后半辈子就在房船上过了,还拉着我们一起陪他在船上过夜。结果现在又变成这样了。他总是这么喜新厌旧!"

"其实他这个人还是很好的,"水獭认真地评论道,"可惜就是没常性,特别是在船上。"

这时,一艘赛艇闯入了他们的视线,驾驶员是一个矮墩墩的胖家伙,他正全神贯注地开着船,身子晃来晃去,身后是飞溅起的阵阵水花。

"如果他继续这么晃来晃去,很快就会被甩出船外的。"河鼠说完便坐了下来。

"他肯定会的,"水獭吃吃地笑着,"我有没有跟你讲过蟾蜍和水闸管理员的趣事?是这样的,蟾蜍……"

一只莽撞的蜉蝣在急转弯时发生了偏离,他想使劲平衡身体以横渡河面。忽然,水面卷起了一个漩涡,"咕噜"一声,蜉蝣消失了。

水獭也消失了。

鼹鼠急忙低头去找,发现水獭刚才趴着的草坪已经空了,虽然他的话音还在耳旁回荡。

不过河面上又冒出了一串水泡。

河鼠哼起了一支小曲儿。鼹鼠提醒自己,按照动物界的规矩,如果朋友突然消失了,不管有没有缘由,都不应该随便议论。

"好了，咱们也该出发啦。"河鼠说。

夕阳渐渐落下，河鼠向着家的方向奋力划桨，没怎么理会鼹鼠。可酒足饭饱的鼹鼠，开始不安分起来，他对河鼠说："不如让我来划船吧！"

河鼠微笑着摇了摇头，说："朋友，划船可没有看起来那么容易。还是等你多学几次再划吧。"

鼹鼠默不作声，但内心并不服气，看着河鼠划得那么轻松自在，他越发觉得自己也能划得一样好。他猛地跳了起来，一把夺过了河鼠的桨。

"你这个蠢货！"河鼠喊道，"你干不了的，你会把船弄翻的！"

鼹鼠把桨往后一甩，卖力地划了起来，可是桨根本没有碰到水面。只见他身体往下一栽，摔在躺倒的河鼠身上。他惊慌不已，急忙去抓船舷，结果"扑通"一声——

船翻了！

鼹鼠在冰冷的河水里拼命挣扎！

这时，河鼠用强有力的爪子抓住了鼹鼠的脖子，接着又把两支桨分别塞在鼹鼠的腋下，然后一边游泳一边推鼹鼠，直到把他推上了岸。

鼹鼠像一堆烂泥瘫倒在地上，形状极其凄惨。河鼠帮他做了一番按摩,又替他拧去了湿衣服上的水,然后叮嘱他:"好了,朋友! 你顺着这条小路使劲来回跑,直到跑到身子暖和了再停下。我要去河里把咱们的食物篮子给捞回来。"

难过又羞愧的鼹鼠乖乖地听从河鼠的安排,在岸边跑起了步。河鼠回到河里,抓回小船,捞回散落的各种物件,最后潜到河底,拖回了食物篮子。

一切收拾停当,又要起航了。鼹鼠耷拉着脑袋,一瘸一拐地走到船尾坐下。开船时,他低声向河鼠道歉:"你真是位宽宏大量的朋友! 我实在太蠢,太不知好歹了! 你能忘记这次事情,原谅我吗?"鼹鼠的声音因为过分激动而变得有些沙哑。

"没事,都过去啦。"河鼠语气轻松地安慰着他的朋友,"对我河鼠来说,弄湿点算什么? 你就别再惦念了。——对了,我建议你来我家住一段时间,我肯定把你招待得很好,还可以教你划船、游泳,很快你就能跟我的水性一样好。"

鼹鼠被这段真心实意的话打动了,他想不好该怎么回应,只是偷偷地用爪子背拭去了脸上的泪水。体贴的河鼠怕鼹鼠难为情,就把头扭到另一边,装作什么都没有看见。

到家了,河鼠给鼹鼠取来了睡衣和拖鞋,把他安顿在炉火旁的椅子上,还给他讲了很多河上逸事。不知不觉到了晚餐时间,两个伙伴吃得非常尽兴,可没过多久,鼹鼠就瞌睡得睁不开眼了。于是,殷勤的主人把他送到了最好的卧室休息。

这一天揭开了鼹鼠自由精彩生活的序幕。随着盛夏的临近,白昼一天比一天长,日子也一天比一天更有趣,他学会了游泳、划船、与水流嬉戏,还有——聆听风儿在芦苇丛中的私语。

第二章　大路

一个夏日的清晨,河鼠悠闲地坐在岸边,哼唱着自编的小曲儿,鼹鼠突然凑过来说:"河鼠大哥,你能带我去见蟾蜍先生吗? 我听说了好多关于他的故事,特别想认识他。"

"当然可以。"好心的河鼠立刻蹦了起来,"把船划出来,咱们这就出发。蟾蜍最热情好客啦,客人走的时候,他总是恋恋不舍的。"

"蟾蜍一定是特别和善的伙伴。"鼹鼠说。他迈上了船,提起了双桨。河鼠呢,他舒舒服服地坐在了船尾。

"他确实是最好的伙伴。"河鼠说,"纯真,好脾气,重感情。缺点或许就是他不太聪明,还有爱吹牛。"

绕过一道河湾,一幢美丽典雅的红瓦房映入眼帘,那就是蟾宫。

等小船缓缓地驶进了蟾蜍家的大船坞,鼹鼠轻轻地收起了桨。他们看到许多漂亮的船,有的悬挂在横梁上,有的停在船台上,但是没有一只船泊在水里,处处都是冷落废弃的味道。

河鼠说:"我明白了,蟾蜍已经厌倦玩船了,不晓得他又迷上什么新鲜玩意了? 走,咱们瞧瞧他去!"

他们上了岸,穿过鲜花盛开的草坪,很快就找到了蟾蜍,他正坐在柳条椅上,全神贯注地钻研膝盖上摊着的一张大地图。

一看到来客,蟾蜍就兴奋地跳了起来,还不等河鼠介绍,他就热情地握住了他俩的爪子,说:"太好了,快进屋吃点东西吧。你们肯定想不到,你们来得有多巧!"

"嘿,蟾蜍老兄,咱们先安静地坐会儿吧。"河鼠边说边坐在了一张扶手椅上。鼹鼠就近坐在了旁边的另一张扶手椅上,客气地称赞了蟾宫几句。

"我的房子是整条河上最美的!"蟾蜍扬扬得意地说。"即使在其他地方,你也找不到这么美的房子。"他又忍不住补充了一句。

听闻此言,河鼠就用胳膊肘碰了碰鼹鼠,不巧这个动作被蟾蜍瞥到了,他的脸唰地红了。接下来是一阵尴尬的沉默。最后,蟾蜍哈哈大笑起来:"得啦,河鼠老弟,我就是有这个臭毛病,你知道的。不过我这个房子确实不错,对吧? 还是说正事吧,我现在需要你们的帮助,谁也不能拒绝我哦!"

"我猜是划船的事吧,"河鼠故意装糊涂说,"你现在进步得很快,就是水花溅得有点厉害。我再给你指导指导,你就能……"

"呸! 划船!"蟾蜍打断了他的话,"那是小男孩才玩的蠢玩意儿,我早就不玩了。看到你们这些伙伴还把全部精力耗费在这种徒劳无益的事情上,我感到很痛心哪! 我现在找到了真正值得为之奉献余生的事情。

请跟我来,你们就知道我说的是什么啦。"

他们一起走进了马厩旁边的院子里,看到了一辆崭新的闪闪发光的吉卜赛大篷车。

"就是它!"蟾蜍高声嚷道,"这才是你们真正要过的生活!公路、荒野、树篱、草原、村庄、城镇和都市,今天还在这里,明天就能到那里!到处旅行,变换环境,多么刺激有趣啊!快到车里来,看看里面的设备,全部是我自己设计的。"

鼹鼠兴致勃勃地跟着蟾蜍钻进了大篷车里面,淡定的河鼠只是哼了一声,把手插进裤兜里,继续站在原地。

车厢布置得紧凑舒适,有几张小床、折叠桌、炉子、书架、关着一只鸟的笼子,还有各式各样的炊具。

"应有尽有!"蟾蜍非常自豪,他拉开了一个抽屉,"瞧,有饼干、龙虾罐头、沙丁鱼罐头,这边是苏打水,那边是烟草、信纸、熏肉、果酱、纸牌、骨牌。"他们下车的时候,蟾蜍又强调了一遍:"什么都没落下,等咱们今天下午出发的时候,你就知道了。"

"你说什么?"河鼠嚼着一根稻草,慢悠悠地说,"我好像听到你说什么'咱们''出发''今天下午'?"

"亲爱的河鼠老弟,"蟾蜍可怜巴巴地央求道,"不要用这么尖酸刻薄的语气说话,好吗?你知道的,你得和我一起,离了你,我什么事情都处理不了。求求你啦,这事就这么定了吧。你总不能一辈子守着那条老旧乏味的臭河吧?我要带你见识一下外面的世界,把你打造成像样的动物!"

"我不想去,"河鼠固执地说,"我就是要守着我的老河、洞穴和小船过一辈子,鼹鼠也会一直陪着我过同样的生活。对吧,鼹鼠?"

"我当然会啦,"鼹鼠很讲义气地答道,"我会一直跟随着你,你说干什么,咱们就干什么。""不过,蟾蜍这新玩意儿,好像蛮有趣的,你觉得呢?"鼹鼠小心翼翼地回问了一句。

河鼠明白了:鼹鼠已经对蟾蜍的提议动心了。他自己的决心也明显动摇了,因为他不愿意让鼹鼠失望。

蟾蜍仔细地观察着他俩的神色,然后很有策略地提议道:"先进屋吃午餐吧,咱们慢慢商量。其实,我也没有非去不可,不过是想让你俩高兴高兴罢了。'为他人而活',这是我的处事格言。"

吃午餐的时候,蟾蜍故意把河鼠晾在一边,专门对没见过世面的鼹鼠发动心理攻势。天生擅长夸夸其谈的蟾蜍，把这次还没开始的旅行描绘得无比精彩奇妙，让鼹鼠激动得快坐不住了。不知不觉中，他们就达成了某种默契，把旅行的事敲定了下来，还一起制订好了周密的出行计划。尽管河鼠依然不太情愿，但他委实不忍心让两位朋友扫兴。

旅行前的各项准备基本就绪，蟾蜍带着伙伴们到他的马场去捉老灰马。由于事先没有跟老灰马商量，就把这么辛劳艰巨的工作派给了他，老灰马一肚子的不开心，他在马场里东跑西藏，就是不肯上套。蟾蜍他们费了好大力气，最后总算逮住了老灰马，把他套在了车上。

三只动物乘着漂亮的马车出发了！暮色深重的时候，他们已经离家好几里地了。由于身体疲惫，他们在一片远离城镇的公共草场上停了下来。他们卸下马具，让马去吃草，他们自己则坐在马车旁边的草地上吃了一顿简单的晚餐。

天色越来越晚，一轮金黄的月亮升上了天空，三只动物钻进了马车，爬上了各自的小床。蟾蜍打了个哈欠，睡眼惺忪地说："晚安，伙伴们！这才是绅士们该过的生活！就别再提那条老河了。"

"我可没有提我的河，"河鼠耐心地解释，"蟾蜍，你知道我根本没说过。不过，我确实是很想它。"他又略带伤感地低喃道："我想它——几乎每时每刻！"

鼹鼠摸黑来到了河鼠身边，轻轻地捏了一下他的爪子。"河鼠，只要你开心，干什么我都愿意，"鼹鼠悄悄地说，"明天早上咱们就开溜，一起回到河上的家，好不好？"

"不，不，咱们还是得坚持到底。"河鼠悄声答道，"谢谢你的体贴，但是我得陪着蟾蜍，直到这次旅行结束。只剩下他一个，我不放心。不会太久的,他的热情从来都没有长过。睡吧,晚安!"

这次旅行果然很快就结束了,甚至比河鼠预料的还要早。

长时间的户外活动之后,过度疲惫的蟾蜍睡得格外沉,第二天早上谁都摇不醒他。河鼠和鼹鼠决定先动手干活:河鼠负责喂马、生火、洗刷昨夜的餐具、准备早餐,鼹鼠负责去附近的村子购买牛奶、鸡蛋和蟾蜍忘带的其他必需品。等这些繁重的工作都干完,两只动物累得筋疲力尽,就坐下来休息。这时,蟾蜍露面了,他悠然自得地感叹道:"旅行生活真是轻松愉快呀,完全没有操持家务的烦忧嘛。"

第二天的旅行也很愉快,他们沿着羊肠小道在绿草茵茵的丘陵间穿行,到了夜晚又在一片公共草场上宿营,只是这一次两位客人督促着蟾蜍做完了他分内的活。第三天早上,蟾蜍不再抒发旅行生活如何轻松的感叹,他还试图偷偷溜回床上,结果被伙伴们硬生生地拖了起来。他们继续沿着小道前行,直到下午,他们才上了公路,这是此次旅行中他们第一次上公路。然而就是在这里,灾祸降临了!

那天,他们悠闲地行进在公路上,忽然从身后很远的地方听到了隐约的轰鸣声,回头一看,一个黑黑的东西正带着滚滚烟尘向他们疾速袭来。他们起初并没有在意,又接着闲聊。但仿佛就是一瞬间的工夫,那东西猛冲过来,把他们逼到了公路的边沿。那黑东西原来是一辆豪华汽车,它在几分之一秒的时间里霸占了天地,又"嗖"地远去了。

老灰马被惊吓得狂躁不安,不论谁去安慰、控制都没有效果,他一会儿往前猛冲,一会儿使劲后退。"哗啦",马车被老灰马往后推到了路边的深沟里,碎成了一堆无法修复的残骸。

河鼠气得暴跳如雷,他愤恨地挥动着拳头大吼:"恶棍!土匪!强盗!

我要控告你！我要把你送上法庭！"蟾蜍却坐在尘土飞扬的公路中央，两腿笔直地伸在前面，眼睛呆呆地凝望着汽车消失的方向，脸上浮现出欢喜的神情，嘴里还模仿着汽车的"噗噗"声。

鼹鼠忙着安抚老灰马，过了一会儿，总算让他安定了下来。然后他去察看掉进深沟里的马车，那情状真是惨不忍睹——玻璃门窗都摔碎了，沙丁鱼罐头散落一地，笼中的小鸟嘤嘤地抽泣着，请求他们将他放出来。

河鼠过来帮鼹鼠，可是他俩的力气仍不足以将车扶起来。"喂，蟾蜍，快过来帮忙！"他们一起召唤蟾蜍。

蟾蜍傻呆呆地一动不动。他俩只好走过去，看看到底怎么回事，发现蟾蜍依然直勾勾地凝望着汽车消失的方向，不时发出"噗噗"的声音。河鼠晃了晃他的肩膀，生气地问："蟾蜍，你到底帮不帮我们？"

"多么光辉灿烂又激动人心的景象啊！"蟾蜍痴痴地说，"诗一般的移动，这才是真正的旅行！这才是旅行的唯一方式！无数的村庄、城镇和都市，统统甩到身后！啊，这才是幸福的极致！"

鼹鼠看到蟾蜍这副德行，特别无奈，便和河鼠商量："咱们拿他怎么办

好呢?"

"没什么办法。"河鼠答道,"我太了解他了。每次迷上新玩意儿,都是这般不疯魔不成活,像是一只在美梦里沉醉的动物,毫无实际用处。别管他了,咱们去看看该怎么收拾那辆马车吧?"

仔细察看过一番之后,他俩明白了,即使能把马车扶起来,它也没法动了,因为轮轴已经完全变了形,还有一只车轮摔碎了。

河鼠一手牵上马,一手拎上鸟笼,对鼹鼠说:"走吧,到最近的小镇也有五六里的路呢,咱们还是趁早动身吧。"

"可蟾蜍怎么办呢?"他俩刚出发,鼹鼠就觉得不安,"他就这么呆坐在路中央,万一再开过来一辆车怎么办?"

"不管,"河鼠气呼呼地说,"我要跟他一刀两断!"

他俩没走多远,就听到身后传来了脚步声,原来是蟾蜍追上来了。

"蟾蜍,你听着!"河鼠严厉地说,"咱们一到镇上,你就去报警,然后找一家修车铺,让他们去把马车修好。鼹鼠和我去找家合适的旅馆,等车修好,你的精神也恢复过来,咱们就回家。"

"报警?"蟾蜍梦呓般地碎碎念着,"那是老天赏赐给我的天堂美景啊!修马车?我要永远告别马车啦!河鼠老弟,我要郑重地感谢你。因为如果你不肯来,我也不会来,那样我就看不到这让人心醉的景象了。多亏了你啊,我最好的朋友!"

河鼠绝望地转过脸去,他对鼹鼠说:"蟾蜍没救了,咱们一到镇上就去火车站,如果运气好,或许今晚就能到家。"

接下来的旅程中,河鼠再没跟蟾蜍说过一句话。

到了镇上,他们先把马寄存在一家旅馆的马厩里,又吩咐人去把马车和散落的东西一起运回镇上。然后,他们带着蟾蜍坐上了一列慢车,在距离蟾宫最近的站点下了车。他们把梦游状态的蟾蜍护送回了蟾宫,并叮嘱管家好生照料他。最后,他们划着小船回到了河鼠的家。

第二天傍晚,河鼠、鼹鼠从邻居那里听到了整条河上最轰动的新闻:"蟾蜍搭乘早班车进城去了,他订购了一辆超级大的豪华汽车。"

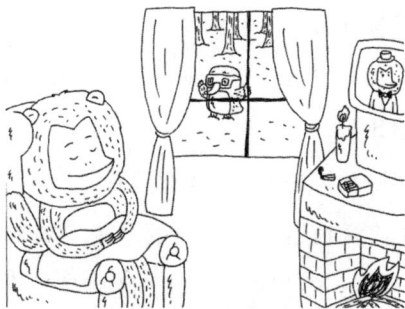

第三章　野林

獾先生虽然深居简出,但却被方圆四周的居民深深地爱戴着,为此,鼹鼠非常想结识他。可是,每当鼹鼠提起这个愿望,河鼠总是搪塞他说:"没问题,獾肯定会来的,他经常出来的,到那时我就把你介绍给他。他真是个心地善良的好伙伴呢! 不过你千万不能去找他,只能在机缘碰巧的时候遇见他。"

"你邀请他来家里吃顿大餐吧?"鼹鼠提议道。

"他不会来的,"河鼠说,"獾最讨厌请客吃饭这类社交活动了。"

"那咱们去他家登门拜访如何?"鼹鼠继续提议。

"我敢肯定他也不会喜欢的,"河鼠回答,"他是个特别害羞的人,贸然去他家,一定会惹恼他的。虽说我跟他是老相识了,但是我也没有拜访过他。再说这事很难办到的,他住在野林的正中央呢。"

"你不是说野林没有什么大不了的么?"鼹鼠说。

"的确,没什么大问题,"河鼠说,"但是,我想咱们现在还是别去为好。他家离这里很远,而且这个季节他通常不在家。你还是安心在这里等吧,总有一天他会出现的。"

鼹鼠只好耐心等待,可是獾始终没有露面。

不知不觉之中,冬天悄然而至,户外的严寒、霜冻和泥泞的道路,让鼹鼠和河鼠不得不长时间待在家里。无聊的鼹鼠又开始惦念起獾先生,他想:獾孤零零地生活在野林正中央的洞穴里,一定很寂寞。

冬天的河鼠变得特别贪睡,他每天晚上很早就上床,第二天上午很晚才起床。剩余的白昼时光很短,他有时胡乱写些诗歌,有时做些零碎的家务活,有时和串门的邻居一起聊天。与他相比,保持着正常作息的鼹鼠每天都有大量的空闲时间需要打发。有一天下午,河鼠坐在炉火旁小憩时,鼹鼠暗下决心,他要独自去野林探险,没准还能遇到獾先生呢。

那是一个清冷的下午,鼹鼠蹑手蹑脚地溜出了暖融融的客厅,来到屋外。天空中布满了暗灰色的云层,四周的原野一片萧瑟,所有的叶子都掉光了。鼹鼠觉得,他从来没有看得这样远、这样真切,他深深地爱上了这褪去华丽衣装后的素朴原野。他兴奋地朝着野林快步前进。

初进野林的时候,他一点也不觉得害怕。枯枝在脚下咯吱作响,横倒的树干偶尔绊他一下,树墩上奇形怪状的真菌,乍一看吓他一跳,但是细看都很有趣。他兴致益然地往前走着,一直走到了林中幽暗的深处。

树越来越密,暮色越来越深,鼹鼠开始感到恐惧,他模模糊糊地在一个洞穴里看到了一张露着凶光的楔形小脸。等他想仔细地看个清楚的时候,那小脸又倏忽消失了。他加快了脚步,并告诫自己不要胡思乱想,不然类似的幻象就会没完没了地出现。他路过了一个又一个洞穴,是脸——不是脸——是脸,真的是脸,一双恶狠狠的眼睛,咦,又不见了。他犹豫了一下,又强打起精神往前走。可是突然间,远远近近处成百上千个洞穴里都钻出一张脸,用充满敌意的眼光注视着他。

鼹鼠想,要是离河岸上的洞穴远一点,或许就不会看到这些可怕的脸了。于是,他离开了林间小路,专门走那没有被踩踏过的林中腹地。可是,他开始听到尖锐的哨声,起初那声音只是从离他很遥远的地方传来,但后来却忽然在他的两侧响起。紧接着,他又听到了嗒嗒的脚步声,那声音越来越响,仿佛一阵冰雹密集地砸在他周围的枯枝败叶上。他惊恐得失去了理智,不明方向地乱跑起来。他一会儿撞上什么东西,一会儿摔倒在什么东西上,一会儿又钻过什么东西,最后总算在一个老山毛榉树洞里找到了避身之所。他蜷缩成一团,大口地喘着粗气,听着洞外的哨声和脚步声。他终于明白了,河鼠不遗余力地阻止他遇见的东西,就是这种野林的恐怖。

在河畔的家里,河鼠的下午小憩结束了,他一睁眼发现鼹鼠不在客厅里,忙喊了几声"鼹鼠老弟",也没有听到回应。仔细一看,鼹鼠的帽子和新买的靴子都不见了。他走到门外,在泥地里发现了鼹鼠的脚印,一直朝向野林的方向。

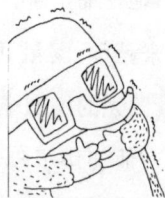

河鼠沉着地思考了一两分钟,转身回屋,扎上皮带,在腰间别上几把手枪,又抓起了一根大棒,火速朝野林赶去。他认真地搜索着整个林区,并大声呼喊:"鼹鼠老弟,你在哪里?我来啦!"

他在野林里耐心地搜索了一个多小时,总算听到了一声微弱的回答。他循着声音的方向,走到了一棵老山毛榉树旁边,在树洞里找到了瑟瑟发抖的鼹鼠。"哎呀,河鼠大哥,"鼹鼠对他说,"太可怕了,我彻底给吓坏了!"

"我当然知道,"河鼠安慰他说,"你真的不该独自来这里,好歹要找个伙伴同行才成。而且来之前,你还得学习管用的口令、手势,躲避的策略、技巧。作为一个小个子,你只有学会了这些,别的动物才不会欺负你!"

"勇敢的蟾蜍先生敢独自来野林吗?"鼹鼠问。

"蟾蜍?"河鼠捧腹大笑，"即便你送他满满一帽子的金币,他也不会独自露面的。"

河鼠爽朗的笑声、手中的大棒、腰间的手枪,让鼹鼠感到特别踏实,他的情绪慢慢地恢复了正常。

"现在,"河鼠说,"咱们必须抓紧时间赶回家去,在这里过夜是不可能的,因为太冷了。"

"亲爱的河鼠大哥,"鼹鼠说,"真的不好意思,我实在太累了,一点力气都没有。你能让我多歇息会儿吗? 等我缓过劲来,再考虑回家的事,好不好?"

"好吧,"善良的河鼠答应了,"反正天也差不多全黑了,索性等月亮出来再走。"

鼹鼠睡了一觉,状态好多了。河鼠说:"我去洞外看看,要是没什么动静,咱们就上路吧。"

河鼠探出身子往外看了看,说:"坏了,下雪了,方位不好辨别了。"

鼹鼠也往外看了看,发现刚才吓得他失去心智的野林完全变了样,成了白茫茫的银色世界,确实很难寻找行进路线。

河鼠想了一会儿,说:"算了,就这么等下去也不是办法,咱们还是出发,碰碰运气吧。"

他们挑选了一条看上去最有把握的路线,勇敢地上路了,但走了一两个小时之后,他们还是迷失了方向。他们走得身心俱疲,就坐在一根躺倒的树干上休息,顺便考虑一下接下来该怎么办。雪越来越深,树越来越密,整个野林看上去根本没有区别,也没有尽头。

河鼠说:"雪很快就会深得蹚不过去,咱们得想点别的办法。"他察看了四周的地势,说:"咱们前面有个山谷,那里的地面上有许多小土丘。咱们去那里找个有干爽地面的洞穴躲避一下风雪吧。"

他们又站了起来,继续在雪地里艰难跋涉。当他们走到河鼠说的那块区域,准备寻找合适的小土丘时,鼹鼠突然绊了一下,摔了一个嘴啃泥。

"哎呀,我的腿,"鼹鼠翻身坐在雪地上,用两只前爪抱住了受伤的腿。

"可怜的鼹鼠,你今天太不走运了!"河鼠跪在地上,仔细看了看鼹鼠的伤腿,说:"奇怪,伤口很整齐。这不像是树枝划破的,倒像是金属的边儿划的。"

"唉,管它是什么划的,反正我超级痛!"鼹鼠郁闷地说。

河鼠细心地用手帕包扎好了鼹鼠的伤腿,就不再理他,独自刨起雪来。鼹鼠在一旁不耐烦地等着他,不时还想搭句闲话:"喂,河鼠!"

河鼠忽然兴奋地大叫:"啊,太棒啦! 太棒啦!"

鼹鼠连忙问:"你找到什么了?"

"快来看啊!"河鼠兴奋地跳起了摇摆舞。

鼹鼠跛着脚走了过去,看了半晌,慢吞吞地说:"不就是个放在大门上的刮泥器么? 有什么好稀奇的? 犯得着围着它跳舞么?"

"你难道还没明白吗? 真是个呆子!"河鼠有点沉不住气了。

"我怎么不明白啊?"鼹鼠说,"不就是个粗心的马大哈把他家里的刮泥器忘在野林正中央了吗? 还正好放在别人容易绊倒的地方。真是太轻率了。等我回家,一定要好好告他一状!"

"哎呀,"看到鼹鼠如此不开窍,河鼠深感无奈,只好喊他,"别斗嘴了,一起刨吧!"

又忙活了一阵子,他的努力有了新收获,一块旧门垫露了出来。

"看,我怎么说来着?"河鼠得意扬扬地说。

"这算什么啊?"鼹鼠一本正经地答复道,"你不过又找到了一个别人扔掉的家用杂物而已。要是你还想围着它跳舞,那就抓紧跳,咱们还得赶路呢,少为这些垃圾浪费时间吧! 旧门垫能当饭吃吗? 能当被子盖吗? 能当雪橇用吗? 你这个让人恼火的啮齿动物!"

"你真的认为这块门垫没有给你任何提示吗?"兴奋的河鼠大嚷道。

"当然是真的,"鼹鼠有些恼火地说,"河鼠,我想我们应该结束这个愚蠢的游戏了! 这世界上有谁听到过门垫会说话的?"

"好吧,你这个白痴!"河鼠也生气了,"别废话了,你就埋头刨刨刨吧。要是你今晚还想有个干爽暖和的地方睡觉,这是唯一的机会了!"

河鼠冲着身边的一个雪堆发起了猛攻,他拿着大棒使劲地戳,卖命地挖。鼹鼠也在旁边一起努力,不为别的,就为了让伙伴开心。虽然他觉得河鼠一定是昏了头了。

十分钟左右的辛苦劳作之后,河鼠的大棒敲到了什么东西,发出了空洞的声音,两只动物就顺着那个方向继续刨雪。终于,他们的劳动成果映入眼帘,一直不明就里的鼹鼠震惊得目瞪口呆。

在一个雪堆的旁边,矗立着一扇墨绿色的小门,门边上挂着一块铜牌。在月光的帮助下,他们辨认出了刻在上面的字迹——"獾先生"。

鼹鼠开心地躺在了雪地上,说:"河鼠,你真是个天才! 从发现我的伤口是被金属割破的时候,你就判断到会有一扇门了,然后你发现了刮泥器和旧门垫,你就更加确认了。我之前只在书里面读到过这样的情节,却没在生活中经历过。河鼠,你真是太聪明了,你应该到能发挥你的天才的地方去,待在我们中间,你算是大材小用了。我要是能有你这样顶呱呱的头脑就好了。"

"既然你没有,"河鼠毫不客气地打断了鼹鼠的话,"那你是不是要一整晚都躺在雪地上絮絮叨叨?快起来,去拉门铃吧!"

鼹鼠立刻高高跃起,一把抓住铃绳,整个身体悬空着飘荡了起来。河鼠也用他的大棒使劲地敲击着门板。不一会儿,他们听到了响起的脚步声,正慢慢地由远而近,来到门边。

第四章　獾先生

拉门闩的声音响了，门缝开了，一个长鼻子和一双惺忪的睡眼露了出来。

"听着，下次再这样，"一个沙哑的声音警惕地说，"我就要生气了。谁啊？这种鬼天气还半夜三更吵我睡觉？快说话！"

"獾大哥！"河鼠大声地回答，"是我，河鼠，还有我的朋友鼹鼠。请让我们进去吧！我们在雪地里迷路了。"

"哈，河鼠啊，我的好兄弟！"獾立刻换了一种语气，"快进来吧！你们两个肯定累坏了吧。"

两只动物进了屋，听到獾在身后关门的声音，他们感到前所未有的轻松与愉悦。

獾穿着一件长睡袍，趿着一双旧拖鞋，托着一个扁平的烛台在前面走。河鼠和鼹鼠紧紧地跟在后面，不时拿胳膊肘碰碰对方，一起期待着将要降临的美事。走过一条长长的走廊,他们来到了中央大厅,然后獾推开了一扇橡木门,他们进入了炉火通红的大厨房。

体贴的獾安排两位客人在壁炉两边的高背长凳上落座,叮嘱他们脱去湿外套和鞋子,又为他们取来了自家的睡衣和拖鞋。他还亲自给鼹鼠清洗伤口,上药包扎。两只饱受暴风雪摧残的动物,终于有了可以安心休息的庇护所。在炉火的烘烤下,他们濒临冻僵的潮湿身体渐渐恢复了温暖与干爽,适才在野林里遭遇的种种苦难仿佛只是一个几近忘却的遥远旧梦。等他们浑身被烤得暖洋洋了,獾便喊他们到原木餐桌旁吃饭。他们实在饿坏了,面对着獾精心准备的丰盛晚餐,全然不顾地大吃特吃了起来。

晚餐吃完了,他们一起围坐在熊熊的火炉边聊家常。獾很期待地问:"蟾蜍现在怎么样啊? 给我讲讲他的新闻吧!"

"唉,越来越糟了!"河鼠面露忧色地说。蜷缩在高背长凳上的鼹鼠,也急忙摆出与话题相称的悲伤表情。"就在上个礼拜,他又出了一次很严重的车祸。你说,他明明开车技术奇差,却非要自己开车。只要雇一个受过正规训练、老成稳重的司机,他就什么问题都没有了。可他偏不,他就觉得自己是一个无需学习的天才驾驶员,这么一来,就只能车祸不断了!"

"那么这是第几回了?"獾面色凝重地问。

"你是说出车祸,还是换车?"河鼠问,"不过对他而言,答案其实是一样的。这已经是第七回了! 你知道他那间车库吗? 已经堆满汽车碎片了,一点儿都不夸张,那碎片一直堆到了房顶的天花板,但没有一块比你的帽子大。"

"他光医院就住了三回,"鼹鼠插话说,"至于他交的罚款,那数字想想都让人害怕。"

"没错,这也是问题的一个部分,"河鼠接着说,"蟾蜍很富有,我们都知道,可他终究不是百万富翁啊。他是个无可救药的蠢司机,还不肯遵守交通规则。他这么继续下去,不是把命玩没了,就是把钱耗光了。獾啊,咱们是他的朋友,难道不该想办法帮帮他么?"

獾沉思了一会儿,略带严肃地说:"眼下,我还不能行动,你们都理解吧?"

两位朋友都表示同意,因为他们知道,按照动物界的规矩,在冬闲季节,所有的动物都会昏昏欲睡,即便没有长眠不醒,也都极少活动,这种时候谁也不能做耗费精力的英雄壮举，哪怕只是稍微活跃一些都不可以。

"这样吧，"獾说，"等初夏来临、长夜变短的时候，咱们就行动！"

两只动物都认真地点了点头。

"到那时，"獾接着说，"咱们就好好地教育蟾蜍，对他严加看管，决不容许他肆意胡闹。咱们一定要让他恢复理智，必要时就算动武也在所不惜。咱们——喂，河鼠，你睡着了？"

"没有呀！"河鼠打了个激灵，醒过来了。

"吃完晚餐，他都睡了两三回了！"鼹鼠笑着说。他自己却很精神，虽然他并不明白到底是为什么。其实，这是因为他原本就是一只在地下生活的动物，獾的住宅正好符合他的生活习惯，所以他感觉像在自己家那么舒坦。河鼠呢，夜夜都睡在敞开窗户、面朝大河的卧室里，自然会觉得这里的空气过于沉闷。

"嗯，也到了该上床睡觉的时候了。"獾转身拿起烛台，带着两位朋友来到了一个狭长的房间，有些像卧室，也有些像阁楼。獾过冬的储备食物占据了半个房间——苹果、萝卜、土豆、各种坚果，还有成罐的蜂蜜，摆得满满当当；另外半个房间则摆了两张干净、柔软的小床。鼹鼠和河鼠迅速地脱衣、上床，进入了甜蜜的梦乡。

遵照獾的细心叮嘱，疲乏的两位客人一直睡到自然醒才起床吃早餐。此时，厨房的炉火已经烧得很旺，两只小刺猬正乖乖地坐在餐桌边喝麦片粥。看到鼹鼠、河鼠进来，他俩立刻放下汤勺，站起来，恭敬地鞠了一个躬。

"快坐下，"河鼠和悦地说，"继续喝粥吧。你们两个从哪里冒出来的？是在雪地里迷路了吗？"

"是的,先生,"年龄稍大点的那只刺猬答道,"我和小比利一起去上学,结果迷路了。比利年纪小,胆子也小,就吓哭了。后来我们碰巧绕到了獾先生家的后门,就壮着胆子敲了门,因为大家都知道,獾先生是个热心肠的人,先生。"

"我知道了,"河鼠一边聊天一边给自己切了几片熏肉,鼹鼠也在平底锅里煎了几个鸡蛋。"外面天气怎么样啦?你不用老称呼我'先生'。"河鼠又说。

"噢,超级糟,先生,雪深得可怕,"刺猬说,"像您这样的绅士,今天可不能出门。"

"獾先生去哪里啦?"河鼠边煮咖啡边问。

"他去书房了,先生,"刺猬答道,"他说今天上午特别忙,谁都不要去打扰他。"

这个解释,在场的每只动物都明白。獾吃完丰盛的早餐,就退回书房,躺在一张扶手椅上,双脚搭在另一张扶手椅上,脸上蒙上一块红色的手帕,用这个季节最普遍的方式"忙"去了。

前门的门铃响了,小比利跑去开门,原来是水獭来了。一看到河鼠,水獭就冲上去紧紧地搂住他,热情地向他问好。

"走开!"满嘴都是食物的河鼠

忙不迭地乱喊,连面包渣都喷了出来。

"我就知道,一定能在这里找到你们!"水獭高兴地说,"今天早上我去河边,发现整条河上的居民都惊恐万分。他们说,河鼠一整宿都没回家,鼹鼠也不见了,肯定发生了什么可怕的事。我想,大家遇到麻烦都会找獾的,即便不找,他也有办法了解情况,所以我就穿过野林,直奔这儿啦。"

"你难道不害怕吗?"听到野林,鼹鼠心有余悸地问。

"害怕?"水獭大笑起来,露出一排洁白锋利的牙齿,"他们谁敢招惹我,我就收拾他。嗨,好心的鼹鼠,你给我煎几片火腿吧,我肚子好饿。我攒了好多话要和河鼠说,实在太久没见到他了。"

水獭刚把一盘煎火腿吃完,獾打着哈欠揉着眼睛进来了,他简单地和大家寒暄了几句,然后对两只小刺猬说:"小家伙们,该回家找妈妈了,我会派人给你们带路的!"他还给了每只小刺猬六便士,又慈爱地拍了拍他们的脑袋。他们恭顺地脱帽致意,转身离开了。

很快,就到了午餐时间。水獭和河鼠边吃边交流着河上逸事,鼹鼠便和坐在旁边的獾聊天:"你这座房子特别有家的感觉。一回到地下,心就踏实了,什么事也不会发生,什么东西也不会落在你头上,你真正成了自己的主人。地面上的一切都还照常,只要你愿意,随时能上去,所有的东西都在那儿等着你。"

獾深有同感地冲鼹鼠微微一笑。"这正是我想说的,"他说,"只有在地下,你才能找到安宁。如果你想扩展新地盘,动动爪子挖一挖,就有啦。如果你嫌房子太大,随意堵上一两个洞,就好啦。不需要建筑工人,不需要小商小贩,也没有邻居能爬上墙头对你说三道四,最重要的是,完全不用担心天气。地面上，适合游逛、购物，但最终还是得回到地下来——这就是我对家的看法。"

鼹鼠由衷地赞同这种看法，因此獾对他很有好感。"等吃完午餐，"他说，"我带你参观我家，你肯定会喜欢它的。你对家庭住宅很有鉴赏力，真的！"

午餐过后，当另外两只动物为了鳝鱼这个话题喋喋不休的时候，獾点了一盏灯笼，示意鼹鼠随他前往。他们穿过大厅，进入了主隧道。借着灯笼的光，鼹鼠看到了两边大大小小的房间，有些和蟾宫一样宽敞气派。拐过一条狭窄的甬道之后，他们又走进了一条长廊，两边是同样的景象。獾的地下迷宫的规模、结构和建筑技艺，让鼹鼠惊讶得目瞪口呆。"獾，你怎么做到的？"他忍不住去问："你怎么会有时间和精力干这么多事情？这太不可思议了！"

"如果这都是我干的，"獾坦诚地说，"那的确不可思议。但事实上，我不过根据我的需要清扫了一些走廊和房间而已。我知道你已经迷糊了，请让我慢慢给你解释。现在的野林，在很久以前是一座人类的城市，他们就在我们站的这里居住。他们修建了经久耐用的房屋，因为他们觉得他们的城市将会永远存在。"

"那后来呢？人都去哪儿了？"鼹鼠问。

"谁知道呢？"獾说，"人来了，繁荣兴盛，修建城市，然后就又离开了。这或许是人类的生活习性吧，我们獾就不这样。据说，在人类修建城市之前，就有獾在这里生活了。"

"人离开之后，城市怎么样了？"鼹鼠又问。

"他们离开之后，"獾接着说，"强风劲雨统治了这里，日复一日，年复一年，最终改变了地貌。城市不停地陷落、坍塌，最终从地面上消失了。然后，这里又开始一点点恢复生机，种子长成幼苗，幼苗长成大树，越来越多的动物迁居于此。如今的野林已经住满动物了，他们照例有好的，有坏的，有不好不坏的——我就不一一点出他们的名字。世界就是这样包含了各种各样的角色。我想你已经对他们有了自己的认识了。"

"没错。"鼹鼠说着，还轻微地颤抖了一下。

"好啦，好啦，"獾拍了拍鼹鼠的肩膀，说，"你这只是第一次接触他们。其实他们没有你想的那么坏。咱们活，也得让别人活嘛。明天我就跟他们打个招呼，你以后就不会再遇到麻烦了。"

他们一起回到厨房，看到河鼠正心烦意乱地来回踱步。他一看到獾和鼹鼠，就急切地说："鼹鼠，咱们和獾告别吧。趁着天色还没晚，抓紧回去。我可不想再在野林里过夜了。"

"这不成问题，我的好伙伴，"水獭说，"我和你们一起走，我就是闭着眼睛都不会迷路。"

看到朋友们回家的心如此急迫，獾就不再挽留，他又打起灯笼，带着三只动物，抄了一条近道，到了野林边上。他跟朋友们简短告别，就转身回去了。水獭、河鼠和鼹鼠也结伴向着那条会唱歌的河的方向奔去。

第五章　重返家园

跟着水獭走了很长一段时间之后，暮色将尽，为了赶时间，河鼠和鼹鼠决定径直穿过田野回家，他们就和水獭道别了。现在改由河鼠负责带路，他微微耸着肩膀走在前面，两只眼睛紧盯着面前那条笔直的灰色道路。鼹鼠呢，乖乖地跟在河鼠后面，心里还盘算着未吃的晚餐。

忽然，一股特别熟悉的味道，触动了鼹鼠的嗅觉。这是他的老家向他传递的信号。自他初识大河就匆匆离去，再也没有返回的家，此刻就近在咫尺！来自家的召唤如此明确而强烈，他决定听从自己的内心——重返家园。他冲着河鼠兴奋地大喊："河鼠大哥，回来！我需要你，快点回来！"

"鼹鼠老弟，别耽搁时间了，继续往前走吧！"河鼠回答道。

"停一下好吗？求求你啦！"可怜的鼹鼠苦苦哀求，他的心在不停地抽痛，"这是我的家，我闻到它的味道了。我必须回去一趟，必须，必须！回来吧，河鼠大哥，求求你了！"

这时河鼠已经走得更远了，他压根儿没有听清鼹鼠在喊什么，更没有听出鼹鼠那悲戚的语调。而且他担心要变天，因为他闻到了一种预兆着要下雪的气味。

"鼹鼠老弟，咱们不能停下！"他回头喊道，"不管你发现了什么，明天咱们再来看。现在千万不要停！天已经黑了，还有可能要下雪，这路我也不熟悉。鼹鼠，我现在需要你来帮我闻味，快点赶上来吧！"

为了保持对朋友的忠诚，鼹鼠狠了狠心，顺着河鼠的足迹向前走去。他费了好大劲儿，终于赶上了河鼠。河鼠没有留意到鼹鼠有情绪，只顾高兴地和伙伴展望回家以后的幸福生活。不过后来，等他们走了相当长的一段路之后，他注意到了鼹鼠的变化，便停下脚步，关切地说："喂，鼹鼠，你累坏了吧？一句话都不说。咱们就在这里休息休息吧，好在雪还没下，离家也近了。"

鼹鼠满怀委屈地找了个树墩坐下，竭力想平复自己的情绪，因为他觉得自己马上就要哭出来了。他努力地控制，但最终还是失败了，泣不成声。

河鼠被鼹鼠突然爆发的悲伤惊呆了，一时竟不知如何是好。许久，他才温柔而同情地说："你怎么啦？我亲爱的朋友。把你的苦恼说出来听听，看看我能不能帮你想想办法。"

瞬间，千言万语汇上心头，鼹鼠不知该从何说起，继续断断续续地抽泣。后来，他才哽咽着说："我知道，我的家又破又脏，没有你家那么舒服，没有蟾宫那么豪华，没有獾的家那么宽敞，可它毕竟是我的家。我刚才闻到它的味道了，我想回去，然后就喊你，可你毫不理会。我只好丢下它来追你了。我们本可以回去看它一眼的，哪怕只看一眼也好啊！"

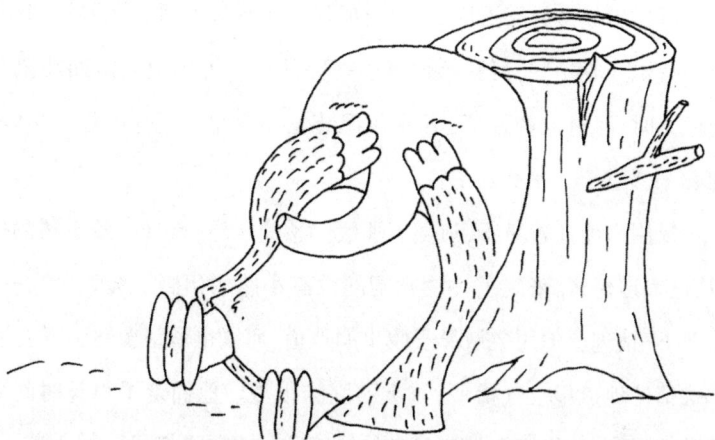

河鼠沉默不语,只是轻轻地拍着鼹鼠的肩头。过了一会儿,他懊悔地喃喃道:"我现在明白了。我刚才真是一只猪,彻头彻尾的一只猪!"

等到鼹鼠的哭声渐渐缓和之后,河鼠从树墩上站了起来,平静而有力地对鼹鼠说:"好啦,朋友,咱们现在就干起来吧!"说着,他就朝着他们辛苦走来的原路迈出了第一步。

"你要去哪儿?"满脸泪痕的鼹鼠抬头看着他,惊叫道。

"我们去找你的家呀,"河鼠和悦地说,"最好你也来帮下忙,我们寻找地点的时候需要借助你的鼻子哦。"

"河鼠大哥,算了,你回来吧,"鼹鼠立刻站起来去追河鼠,"现在太晚了,那个地方也太远,马上还要下雪。我本来没打算让你知道我的恋家情绪的,这纯粹是个意外。还是想想你的河岸,想想你的晚餐吧!"

"什么河岸,什么晚餐,都统统去一边吧!"河鼠诚恳地说,"我们一定要找到你的家,即便今晚熬个通宵也没有关系。来,打起精神,挽上我的胳膊,咱们很快就能回到那个地方!"

鼹鼠仍想放弃原路返回的主意,但最终还是被河鼠强架着往回走了。为了让鼹鼠开心一些,河鼠给他讲了一路故事。等到他们走回鼹鼠被绊住的地方时,河鼠说:"好了,不讲话了,专心干正事! 用你的鼻子来闻,用你的心来感应!"

鼹鼠用力地抽着鼻子,追随着那股熟悉的味道,跨过一条干涸的排水沟,钻过一道树篱,来到了一片宽阔的没有小路的田野。突然,他一头钻到了地下,钻进了他用灵敏鼻子嗅出的地道,河鼠也紧跟着钻了下去。

狭窄的地道里空气稀薄,泥土的腥味很重。他们走了很长时间才走到地道的尽头,才能完全站起身来伸展四肢。鼹鼠点燃了一根火柴,借着微光,河鼠看到他们正站在一块空地上,正对面的是鼹鼠家的大门,门的上方写着三个字"鼹鼠居"。

鼹鼠带着河鼠进了大门,点着了客厅里的一盏灯。他发现,家里所有的东西都布满了厚厚的灰尘,一派凄凉衰败的景象。他沮丧地瘫坐在椅子上,用爪子掩住面孔,难过地抽泣起来:"河鼠大哥,我真不该在这个寒冷的冬夜把你领到这个简陋穷酸的小屋里来。要不是因为我,你现在已经回到河边舒适的家里,对着红彤彤的火炉取暖了。"

河鼠没有理会自责的鼹鼠,四处察看房间和柜子,找出了许多灯和蜡烛,摆得满屋子都是。"多棒的小屋啊!"河鼠开心地说,"它设计精妙,万物俱备。咱们一定能在这里度过一个愉快的夜晚! 现在要做的第一件事是点炉子,我这就去取木柴。你呢,就去找个掸子,把屋子里的灰尘掸掸干净。"

朋友的热情鼓励,让鼹鼠重新振作起来,他开始认真地打扫卫生。河鼠跑了好几趟,抱来了足够多的木柴,生起了一炉旺旺的火。他招呼鼹鼠过来取暖,可是鼹鼠忽然又沮丧起来,忧心忡忡地说:"河鼠大哥,我们的晚餐可怎么办呢? 我这里没有任何东西能拿来招待你,连个面包屑都没有。"

"你呀,怎么这么容易灰心丧气啊?"河鼠责备他道,"你看,那橱柜上不是有开罐头的开瓶器吗? 既然有开瓶器,就很可能有罐头,咱们一起去找找看!"

他们翻橱倒柜,最后找到了一听沙丁鱼罐头、一盒饼干和一根德国香肠。

"这下够开宴席的了!"河鼠笑眯眯地摆着桌,说,"对许多动物来说,今晚要是能和我们一起吃晚餐,那可是梦寐以求的事!"

"没有面包!"鼹鼠不满意地嘟着嘴巴,"没有黄油,没有——"

"没有鹅肝酱,没有香槟酒!"河鼠嗔笑着打趣道,"我想起来了,过道尽头的小门里是什么? 是你的储藏室吧? 咱们进去看看有什么好东西没?"

鼹鼠走进了储藏室,过了一小会儿就又出来了,两边胳肢窝下各夹瓶啤酒,每只爪子也都拎了一篮啤酒。"鼹鼠,你真是个会享受的美食家啊!"河鼠赞叹道。

他们正准备开动晚餐时,大门外传来了一阵嘈杂的声响,有些话断断续续地飘进他们的耳朵里——"大家现在站成一排——汤米,把灯笼举高点——先清清你们的喉咙——我数一二三之后,谁也不能再咳嗽——"

"这是什么情况?"河鼠问。

"一定是田鼠们来了!"鼹鼠面露喜色地回答道,"每年这个时节,他们都要到各家串门唱圣诞歌。他们每次都会来鼹鼠居的,我总是请他们

顺便吃点喝点。现在听到他们唱圣诞歌,我好像一下子回到了过去!"

"咱们看看去!"河鼠一边喊着,一边蹦跳着向门口跑去。

大门打开了,眼前呈现出美好动人的节日景象。十只围着红色围巾的小田鼠排成半圆形站着,提着牛角灯笼的领头田鼠喊了声:"预备——一、二、三!"他们演唱了一首古老的圣诞颂歌。

唱完之后,歌手们腼腆地微笑着。

"孩子们,唱得太棒了!"河鼠热情地招呼他们进屋。

"田鼠们,快进来,跟过去一样!"鼹鼠也在旁边帮腔。

他俩把长凳搬到火炉旁边,请田鼠们坐好。这时,鼹鼠才忽然想起,今晚并不同于过去,他沮丧地对河鼠说:"咱们都干了些什么呀?咱们根本没有东西招待他们。"

"这事交给我来处理!"河鼠拿出十足的主人风范,说,"喂,领头田鼠,你过来,我有话问你。这个时辰,还有没有店铺开门啊?"

"有的,先生!"领头田鼠恭恭敬敬地回答,"每年此时,我们这里的店铺都是二十四小时不打烊的。"

"那好!"河鼠说,"你马上出去给我买——"

接着,他又低声嘱咐了一番——"买新鲜的!——一磅就够了!——买伯金家的,别的不要——要家制的,不要罐头——好吧,尽力而为吧!"说完,他把一把硬币塞到了领头田鼠的爪子里,还递给他一只大大的购物篮。

剩下的田鼠,围着火炉,烘烤他们脚上的冻疮。鼹鼠努力地逗引他们打开话匣子,河鼠则忙着为大家调制甜酒。

过了一段时间,领头田鼠拎着沉甸甸的购物篮回来了。在河鼠的指挥下,每只动物都动手去做某件事情。短短几分钟之后,晚餐准备好了,大家狼吞虎咽地吃着各色美味佳肴。鼹鼠不禁感慨:这次回家,结果竟然如此完满。他们边吃边聊,说说往事,又谈谈最近的新闻。河鼠较少插话,只是关照客人们不必拘束,尽情享用。

末了,田鼠们连声道谢,起身告辞。

送走客人之后,河鼠打了个大大的哈欠,说:"嘿,鼹鼠,我真是累惨了。你的床是那张吧?那我睡这张好了。你这个屋子真不错,干什么都很方便!"

河鼠爬上了他的床铺,盖好毯子,立刻跌入了沉沉的梦乡。

鼹鼠也把头放在了枕头上,不过在闭眼之前,他又环视了一遍自己的房间。他清晰地看到,他的家是多么狭窄简陋,可他同时也深深地体会到,他的家,避风港一样温暖的家,对他是多么重要!他并不打算就此放弃新鲜快乐的地上生活,他依然想回到那个充满阳光空气的大舞台去。但是,有这样一个小小的地方可以回归,的确是件幸福的事。不管何时归来,他总能在这里得到始终如一的亲切欢迎。

第六章　蟾蜍先生

时间的步伐总是很快,似乎就在转眼之间,又一个夏天来了,河岸两边又恢复了熙熙攘攘的热闹景象。天刚刚亮,鼹鼠和河鼠就起床劳作了,他们给船刷漆、修理船桨、缝补坐垫,为了即将开始的划船季忙得不亦乐乎。收工之后,他们回到客厅吃早餐,忽然听到了一阵重重的敲门声。

鼹鼠起身去开门,随后惊喜地宣布:"獾先生驾到!"

獾迈着大步,走进屋里,一脸严肃地看着两位朋友说:"时间到了!"

"什么时间?"河鼠紧张地瞥了一眼壁炉架上的时钟。

"你应该问'谁的时间'?"獾答道,"谁的?当然是蟾蜍的。我说过夏天一到,我就要开始管教他。今天我来就是干这个的!"

"对啦,是蟾蜍的时间到了,"鼹鼠高兴地说,"我想起来了,在獾家里的时候,咱们商量好的,要一起教训他,让他恢复理智。"

"昨晚我得到了一个可靠消息,"獾在一把扶手椅上坐下,接着说,

"今天早上，一辆拥有超强驱动力的新车将要被送到蟾宫。咱们得抓紧动身，不然就来不及了！"

"好的！"河鼠激动地跳了起来，"咱们现在就去拯救这个可怜的倒霉蛋！"

他们三个即刻出发了，等他们来到蟾宫门前时，果然看到了一辆崭新炫酷的红色跑车。然后大门开了，蟾蜍戴着帽子、护目镜，穿着肥大的外套，蹬着长筒靴，大摇大摆地走下了台阶。

"嗨，朋友们！快过来！"一看到三位客人，蟾蜍就心花怒放地喊了起来，"你们来得正是时候，咱们一起去痛快——痛快——"

可是，他发现朋友们全都绷着脸、一语不发地盯着他，他开始心慌地支吾起来，连完整的邀请都没有说完。

獾大步踏上台阶。"把蟾蜍带进去!"他严肃地吩咐另两位同伴。蟾蜍又是挣扎又是抗议,但还是被拖进了大门里。

獾转身对新车司机说:"不好意思,您今天要白跑一趟了。蟾蜍先生改变了心意,不想要这辆车了!"说罢,他走进了蟾宫,关上了大门。

现在,四只动物都站在了大厅里,獾对蟾蜍说:"好了,先把你这身滑稽的装扮脱掉!"

"就不!"蟾蜍怒气冲冲地回答道,"这么粗野的暴行,到底是怎么回事?我要求你们马上给我解释!"

"那你俩帮他脱吧!"獾简洁地命令道。

蟾蜍不停地踢腿、咒骂,他们不得不把他放倒在地板上,以便给他顺利地脱衣服。随着蟾蜍的全套行头被剥掉,他大吼大叫的威风也消失了大半。现在他不再是高速公路上的恐怖之神了,他只是最普通不过的蟾蜍,他虚弱地讪笑着,求饶似的看看这个,又看看那个。

"蟾蜍,你应该知道这一天早晚都会来的,"獾严肃地向他解释,"我们给了你那么多告诫,你都全然不顾。你一个劲儿地糟蹋你父亲留下的钱财,你不要命般地开车,到处闯祸,还冲撞警察,你把我们这个地区动物的名声全都败坏了。不插手别人的私事固然没错,但我们动物决不纵容我们的朋友胡闹地愚弄自己,你现在真的太出格了!你跟我到吸烟室来,让我好好跟你清算你的所作所为。我倒要看看,等你从这个房间里出来时能不能有一些改变。"

他用力地抓住蟾蜍的胳膊,把他拎进了吸烟室,随手关上了门。

"没用的,"河鼠不屑地说,"光讲道理,肯定治不了蟾蜍的病。当场应付的话,他比谁都会讲!"

河鼠、鼹鼠安静地坐在扶手椅上等待。透过紧闭的房门，他们听到獾低沉的声音讲个不停，没过多久，他们又听到了蟾蜍的抽泣声。显然，他是一个心肠软的感性动物，很容易暂时性地服膺于任何观点。

大约过了四十五分钟之后，门开了，獾领着垂头丧气、软弱无力、满面泪痕的蟾蜍走了出来。

"坐在这儿，蟾蜍！"獾指着一把椅子，和蔼地说，"朋友们，我很高兴地通知你们，蟾蜍已经认清他的错误了。他为过去的误入歧途感到痛悔，并郑重承诺以后再也不玩汽车了。"

"这可真是天大的好消息啊！"鼹鼠感叹道。

"的确是个很好的消息，但愿——但愿——"河鼠的语气忽然有所怀疑，因为他看到蟾蜍那泪汪汪的眼睛里闪过了一丝狡黠的光。

"好吧，蟾蜍，你现在只需要再做一件事，"獾说，"我要求你当着这两位朋友的面,把你在吸烟室里说过的话再郑重地重复一遍。首先,你为过去的所作所为感到抱歉,觉得那是彻头彻尾的胡闹,对吗?"

在一段长时间的沉默之后,蟾蜍开腔了。

"不!"他绷着脸,但声音很响地说,"我一点也不后悔! 那根本不是胡闹,那是至高无上的荣耀!"

"什么?"獾又惊又气地喊道,"你这个出尔反尔的家伙! 你刚才不是说得好好的嘛,在那屋——"

"噢,是的,那是在那屋嘛。"蟾蜍不耐烦地说,"在那屋,我什么都会说的。亲爱的獾先生,你的口才那么好,你讲的话那么感人,那么充满说服力,我当然会无条件顺从于你的。可是,从那屋出来后,我又用自己的大脑重新思考了一遍,我觉得自己真的一点儿错都没有。现在再让我说后悔抱歉的话,也没什么实际意义,对吧?"

"这么说,"獾追问道,"你肯定不会再承诺不碰汽车喽?"

"当然不承诺,"蟾蜍语气坚决地说,"恰恰相反,我凭良心向你保证,只要让我看到汽车,我就会坐进去开着跑!"

"你看,我预测的没错吧。"河鼠跟鼹鼠说。

"那好,"獾果断地站了起来,说,"既然你不听劝告,我们只能动武了。我宣布,我们将要在蟾宫住下,天天看着你。哪天你改邪归正,哪天我们离开。你们两个赶紧把他带到楼上去,锁进卧室里。回头咱们再商量!"

蟾蜍拼命地踢腿反抗,但还是被两位忠诚的朋友拖上了楼。

"蟾蜍,我们这是为了你好,"河鼠和蔼地说,"等你这疯病好了,咱们四个一定还像以前那样开心玩耍!"

"蟾蜍，在你好之前，我们会帮你打理好一切的！"鼹鼠说，"我们不能再让你像过去那样乱花钱了。"

"再也不能由着你跟警察胡闹了！"河鼠说着，把蟾蜍推进了卧室。

"再也不能让你躺在医院里，一住就是好几个礼拜了！"鼹鼠又加了一句，锁住了房门。

他们下楼去了，只剩下蟾蜍对着锁眼破口大骂。三个朋友凑在一起，商量着接下来该怎么办。

"这事很难处理，"獾叹了口气说，"我从没见过蟾蜍如此执拗。可不管怎么样，咱们一定得坚持到底。咱们轮流值班看护他，直到他的疯病彻底好了为止。"

于是，他们安排好了值班表，每个晚上都有动物在蟾蜍的卧室里陪睡，每个白天也都有动物轮流监护蟾蜍。最开始的时候，蟾蜍无疑让他负责任的看护很头疼。他的疯病一发作，就会把卧室的椅子摆成汽车的形状，自己趴在最前面，身体前倾，双眼紧盯前方，发出粗俗可怖的噪音。等狂热达到顶点的时候，他会翻一个大跟头，四脚朝天地躺在横七竖八的椅子堆里，享受那片刻的满足。随着日子一天天过去，他这样走火入魔的次数越来越少了，但他对其他事物也都提不起兴趣，整个人明显地萎靡不振了。

一个晴朗的清晨，轮到河鼠值班，他上楼去替换獾。獾对他说："蟾蜍还没起床。不过，你得格外留神。他最近又安静又乖巧，往往这就是他绞尽脑汁耍花招的时候。现在都交给你了，我走了。"

河鼠走到蟾蜍床边，亲切地问候他："朋友，今天感觉如何啊？"

过了好几分钟，蟾蜍有气无力地答道："谢谢你，亲爱的河鼠。你来看

我真是太好了。你和鼹鼠都好吗?"

"我们都很好。"河鼠答道。"鼹鼠和獾今天上午要出去玩,要到吃午餐才回来,"他一不留神多说了句闲话,"今天上午就剩我和你了,咱们得玩得开心点才好。你快跳起来吧,别那么没精打采的,不然真是辜负了今儿的好天气啊!"

"亲爱的河鼠,"蟾蜍低声说,"你太不了解我现在的状况了,我哪里还有力气跳起来啊,恐怕这辈子都不可能了。我真不愿成为朋友们的负担,不过我想这持续不了多久了。"

"是啊,我也不希望这样,"河鼠诚恳地说,"这段时间,你真是让我们劳心费力,不过我很高兴能听你说,这马上就到头了。其实吧,我也不是在意你给我们添了多少麻烦,主要是你让我们错过了很多乐事,要知道现在可是划船季啊!"

"其实你们还是怕麻烦，"蟾蜍病恹恹地说，"我非常能体会。这再自然不过了，你们一直这么为我付出，好到无以复加，而我只是个纯粹的负担。"

"你呀，确实是个负担，"河鼠说，"不过，只要你能恢复理智，为你付出再多，我们也都心甘情愿！"

"既然如此，"蟾蜍用更加虚弱的声音说，"那我能求你一件事吗？或许是最后一次了。你能去村里帮我请个医生来吗？唉，没准已经太晚了，你还是别管了吧。"

"你要请医生干什么呢？"河鼠问。他凑到蟾蜍跟前，仔细地察看，发觉蟾蜍的声音确实比往常虚弱，神态也有异样。

"你还没有发觉吗？"蟾蜍低声说，"或许到明天，你就要说：'要是我早点注意到就好了！'算了，你就当作没听到我的话好了。"

"嘿，朋友，"河鼠开始有点慌张了，他说，"如果你有需要，我肯定会去请医生的，可你的病还没有严重到那分上吧？咱们还是聊点别的吧！"

"亲爱的朋友，"蟾蜍凄楚地笑了一下，"别说聊天了，就是请了医生来，也未必有用哪。不过，总得抓根救命的稻草吧。顺便说一下，你请医生的时候，一并把律师也请来吧。好在是顺路的，你不介意吧？"

"啊呀，还要请律师？看来蟾蜍真的病得很厉害啊！"河鼠惊慌失措地自言自语道。他急匆匆地走出了卧室，但并没有忘记锁门。

"这种事，还是宁可信其有吧，真出了大事就不好了！即便他真没大病，让医生鼓励鼓励他，也是好的。我还是迁就他一下，跑一趟，反正很快就能回来的。"河鼠沉思了片刻，就火速向村子跑去！

一听到河鼠锁门的声音，蟾蜍就轻轻地跳下床，溜到了窗户边。等河鼠的背影从视线中消失之后,他马上以闪电般的速度穿戴好了他时髦的衣服,并从梳妆台的小抽屉里取出了很厚一沓钞票,塞进了衣兜里。紧接着,他把几条床单系成了一条粗绳子,又把其中一端拴在了窗棂上。他沿着自制的绳子爬到了楼下,然后迈着欢快的步伐,朝着与河鼠相反的方向走去!

蟾蜍的成功出逃,让河鼠遭到了狂风暴雨般的猛烈批评。

"他实在演得太像了!"河鼠垂头丧气地解释道。

"我看是你太蠢了!"獾怒气冲冲地顶了一句,"不过现在说什么都太迟了。最糟的是,他这次诡计得逞,肯定更扬扬得意了,不晓得要干下多么离谱的荒唐事呢。咱们还得在蟾宫多住些日子,他随时都可能回来——估计不是被担架抬回来,就是被警察押回来。"

此时的蟾蜍已经离家数里了,这一路上他都沉浸在胜利的喜悦之中。

"干得漂亮!"他情不自禁地大笑着,"智力最终会战胜暴力,这就是不可抗拒的天理。可怜的河鼠,还不晓得会被骂成什么惨样呢,哈哈。他其实不坏,就是太笨!等将来有空的时候,我得亲自调教调教他,看看能有所改善不。"

蟾蜍美滋滋地昂首阔步着,径直来到了一个小镇的闹市。他一抬头,看到了"红狮"客栈的招牌,蓦地想起他连早餐都没吃,还走了这么远的路,肚子着实饿了。他大摇大摆地进了客栈,点了很多美味,风卷残云般地吃了起来。

吃得差不多的时候,他忽然听到了那个魂牵梦萦的声音——"噗噗",他一下子激动得浑身发抖。更让他心脏狂跳的是,那辆汽车离他越来越近,最后竟也在"红狮"客栈的院子里停了下来。蟾蜍急匆匆地到前台付了账,就悄悄地溜到了院子里。

汽车停在院子的正中央,周围一个人也没有,司机和其他人都吃午餐去了。

蟾蜍痴迷地围着车转,仔细地打量着。

"这辆车容易发动不?"蟾蜍忽然问自己。

几乎只是一眨眼的工夫,他就梦游般地坐进了驾驶室里,握住方向盘,拉起了变速杆,往日灵魂战栗的巅峰体验重新占据了他的身心。他先开着车在院子里转了一圈,又不满足地冲上了街道,驶上了高速公路。那个威风八面、恶名昭著的飞车蟾蜍又回来了,他不管不顾地横冲直撞、隆隆疾驰着,把什么是非对错、顾虑担忧,全都抛到了九霄云外。

蟾蜍的这次肆意放纵,代价极其惨重。他最终因为偷盗汽车、疯狂驾驶和冒犯警察,被法院判处二十年监禁。

宣判结束之后,法警气势汹汹地冲向蟾蜍,给他戴上镣铐,将他拖出了法庭。他被拖着经过熙熙攘攘的市场,民众一边辱骂他一边向他扔胡萝卜;他被拖着经过布满钉子的铁闸门,卫兵们冲他咧嘴狞笑;他被拖进了阴森恐怖的城堡,值班哨兵们发出一阵阵嘲弄的咳嗽……在经历了平生前所未有的羞辱之后,蟾蜍被送进了监狱最深处的地牢里。

"喂,狱卒,过来!"法警说,"把这个邪恶的罪犯蟾蜍关进去!他是个阴险狡诈、罪行累累的家伙,你可得打起精神好好看着他。一旦有任何差池,你的老命也就不保喽!"

狱卒阴沉着脸,点了点头,他用干枯的手将蟾蜍推进了牢门里,又"吧嗒"一下上好了锁。就这样,蟾蜍成了全英格兰最坚不可摧的城堡里最守备森严的牢房里最孤苦无助的囚犯。

第七章 拂晓笛音

在仲夏夜清凉的手指的抚触下,酷热的暑气渐渐消散了。鼹鼠舒展开四肢,慵懒地躺在河岸上,回味着这一天发生的各种趣事。

不一会儿,独自去水獭家赴约的河鼠回来了。

"你在水獭家吃过晚餐了吧?"鼹鼠问。

"吃啦,"河鼠答道,"他们太热情了,死活不肯让我走。不过,我今天挺不好受的,我能看出来,他们心情很低落,尽管他们一直设法掩饰。他们这回是真的遇上麻烦了——小胖胖走丢了。你知道的,水獭是多么在乎他儿子呀,虽然他很少表达。"

"什么?那个小孩吗?"鼹鼠语气轻松地说,"没事的,就算他走丢了,也不用担心啊。他不总是走丢,然后又回来嘛,他太爱冒险了。不过他从来没有受过伤害呀,大家都很喜欢他,就像喜欢他爸一样。你放心吧,过不了几天,就会有动物把他送回家的。咱俩不是还在离家数里的地方找到过他嘛,当时小家伙玩得多开心啊。"

"是啊,不过这次不比以往,"河鼠沉重地说,"他已经失踪了很多天了,水獭夫妇把咱们这个地区都找遍了,还是没见着他,而且他们问过的动物没有一只知道他的下落。水獭真的急坏了,他说胖胖的游泳技术还很差,他很担心他会在河坝那边出事。今晚他又要去老渡口过夜了,他说想到那边找找看。"

"水獭为什么要单挑那个地方呀?"鼹鼠问。

"因为那是他第一次教胖胖学游泳的地方,"河鼠说,"小家伙很喜欢那里。水獭想,要是孩子还活着的话,兴许别的地方逛够了,就又去老渡口玩耍了,哪怕他只是碰巧经过那里,也会停下来玩玩的。所以,最近水獭每晚都去那里守夜,只是想碰碰运气!"

想到伤心欲绝的水獭独自在老渡口守夜的凄凉景象,河鼠和鼹鼠都陷入了沉默。

"唉,算了,"过了一会儿,河鼠说,"咱们先进屋睡觉吧!"话虽这么说,但他的身子一步也没动。

"河鼠,"鼹鼠说,"咱们还是干点什么吧,要不我可没有心思睡觉。我想,咱们可以把船划到上游去,等月亮升起来了,就开始搜索。"

"好主意!"河鼠说,"就这么干吧! 其实,这样的夜晚本来也不适合睡觉嘛。待会等天亮了,咱们还可以沿路跟早起的动物们打听胖胖的消息。"

达成一致意见后,他们把船划了出来。刚开始划的时候,河上还是漆黑一片,过了一段时间,月亮就徐徐升起了,皎洁的月光温柔地照耀着大地,不管是树篱、树洞还是暗渠、沟壑都能看得清清楚楚。两个朋友把船停好,上岸搜寻,然后再登船,划到对岸,上岸搜寻,如是三番,就这么一直向上游划去。

慢慢地,天色又有了新的变化,田野和树林愈加清晰可辨,那属于夜晚的神秘气氛也渐渐退去。鼹鼠认真地划着桨,河鼠悠闲地坐在船尾。忽然,他坐直了身子,屏气凝神地聆听着什么。

"唉,听不见了!"河鼠失望地叹了口气,又倚到了座位上,"多么悠扬动听的笛音啊,可惜这么一会儿就没了,我多想一直这么听下去啊!"

"天哪,它又来啦!"他兴奋地喊道,随后又全神贯注地听了起来,半晌不说一句话。

"声音又没了,听不到了!"他又说,"鼹鼠,你听出来没?这笛音,带着一种强烈的呼唤,没准就是冲着咱们来的呢!你加油往前划啊!"

鼹鼠觉得河鼠非常莫名其妙,他说:"我什么都没有听到啊,除了风儿在芦苇丛、灯芯草丛和柳林里嬉戏的声音。"

河鼠没有回应,他的身心已经被那神秘悦耳的笛音牢牢地占据了。

鼹鼠稳稳地划着船,很快到了河水分流的地方,其中一边是长长的洄水湾。河鼠扬了扬头,示意鼹鼠往洄水湾划去。天色越来越亮了,他们已经能看清河岸两边鲜花的颜色了。

"笛音更近也更响了,"河鼠欢快地喊着,"这下你应该能听到了吧?哈!我看出来了,你听到了!"

神秘悦耳的笛音像潮水般向鼹鼠奔涌而去,整个儿席卷了他,占有了他。他心醉神迷地聆听着,全然忘记了划桨的事。但是正如河鼠所言,那美妙的笛音确实包含着一种清晰急切的召唤,它引得鼹鼠奋力划起桨来。他们的船继续前行,来到大坝邻近的水域。

　　两只动物远远地看到,大坝连接起两岸,环抱着泂水湾,正中央处还坐落着一个小岛。顺着笛音的指引,满怀期待的他们将船划向了小岛,又悄悄上了岸,发现那里繁花似锦、果香四溢。

　　"这就是演奏我那梦中之曲的地方,"河鼠喃喃道,"在这里,在这个神圣的地方,我们一定能找到吹笛者!"

　　鼹鼠也隐约地感觉到,某个伟大神圣的存在物就近在咫尺。当他回头去看伙伴的时候,发现河鼠正站在他的旁边浑身发抖。他沿着河鼠的视线望去,看到了他们要找寻的吹笛者:一对朝后弯曲的犄角,一双和蔼安详的眼睛,一个刚毅坚挺的鼻子,一张藏在胡须下的嘴,一双修长柔韧的手,还有一支刚离开唇边的笛子。依偎在吹笛者身边呼呼熟睡的,正是水獭走丢的儿子——胖胖。

　　"河鼠,"好不容易回过神来的鼹鼠,小声地问,"你害怕吗?"

　　"害怕?"河鼠的眼神里充满了无法言语的敬畏之情,喃喃道,"怕他?噢,不,当然不! 可是,唉,我还是有点儿害怕的。"

　　说完,两只动物低头趴到地上,对吹笛者顶礼叩拜。

　　似乎就在那一刹,对面的天边跃出一轮金灿灿的太阳。耀眼的光芒直射他们的眼睛,让他们头晕目眩。等他们定神再看时,吹笛者已经消失得无影无踪。

　　鼹鼠揉了揉眼睛,说:"河鼠,你刚才说什么了?"

　　"我是说,"河鼠语速缓慢地说,"这就是我们要找的地方。你看,那个小家伙不就在那边吗?"河鼠欢快地喊了一声,向着熟睡的胖胖跑去。

　　不过鼹鼠还怔怔地站在原地,想着心事。他感觉自己像刚做完了一场美梦,认真回忆却一无所得,只能继续面对眼前这残酷冰冷的现实世界。他感伤地摇了摇头,追赶河鼠去了。

胖胖醒来,看见爸爸的两位好友,兴奋得扭来扭去。可过了一小会儿之后,他的表情忽然变得有些茫然,他一边发出恳求般的哀鸣,一边四处搜寻。他仔细地找遍了整个小岛,还是没能找到他的心中所想,绝望地号啕大哭起来。

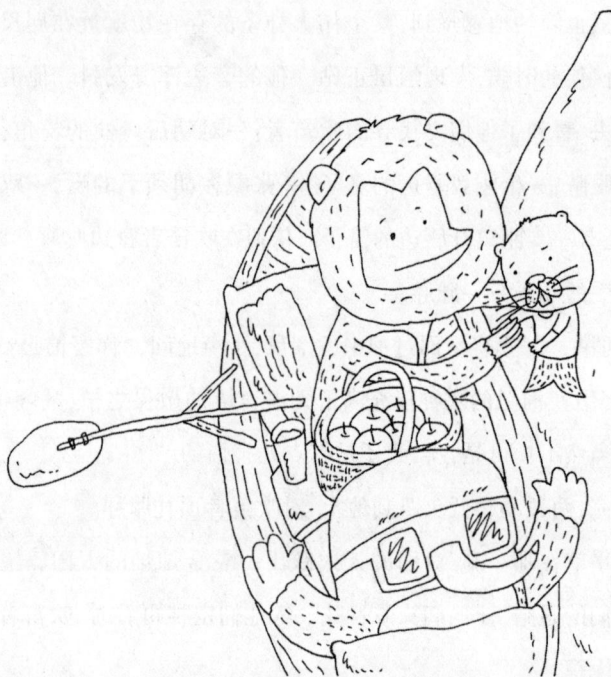

鼹鼠赶忙去安慰这可怜的小家伙,但河鼠依然在原地徘徊,原来他在身边的草地上发现了很多蹄印。

"一定——有只——伟大的——动物——来过这里!"他慢慢地自言自语道。这个判断引发了他深深的思索,脑海里接连蹦出了许多古怪的想法。

"快走呀,河鼠!"鼹鼠大声地呼唤他,"想想可怜的老水獭吧,他还在老渡口痴等着呢!"

他们邀约胖胖一起泛舟游荡,这个提议让失落的胖胖开心起来。

他们先是乘船往洄水湾下游行驶,等到了主河道,又掉转船头,向老渡口方向前进。到了那个熟悉的渡口,鼹鼠把船停靠在岸边,和河鼠一起搀扶着胖胖走上了纤道。他们嘱咐小家伙继续往前走,然后友好地拍了拍他的背,跟他告别。他们重新回到船上,看到胖胖突然加快了脚步,雀跃着往前奔去,他们的朋友老水獭正惊喜地从浅水滩跃上纤道的另一端。这时,鼹鼠把一只桨重重地一甩,掉转船头,任由湍急的水流把他们随便带向哪里,因为他们的搜寻任务已经落下了胜利的帷幕。

"河鼠,好奇怪啊,我感到了前所未有的疲倦!"鼹鼠无力地斜靠在桨上,由着船顺水漂流。"你说,这可能是因为我们熬了一个通宵,但这其实没什么大不了的呀。每年这个季节,我们都有一半的夜晚不睡觉。不,我觉得好像刚刚经历了一件惊心动魄的大事件,不过细细想来也没有什么特别的事情发生呀。"

"可以说,是一件令人惊异的、灿烂的、美好的事情!"河鼠仰靠在船尾上,闭上眼睛喃喃道,"我和你的感受一样,鼹鼠,的确是筋疲力尽,但并不是身体的疲惫。幸亏咱们现在在河上,水流可以送咱们回家。还有暖融融的阳光照在身上,真是舒服啊!嘿,还有清风在芦苇丛中奏乐呢!"

"嗯,是音乐,咱们一起听听吧!"鼹鼠说,沐浴在阳光中的他,其实已经有点瞌睡了。

过了好一阵,河鼠都没再吱声。鼹鼠睡眼惺忪地看了一眼朋友,发现河鼠已经沉入梦乡了,脸上还挂着幸福的微笑。

第八章　蟾蜍奇遇记

　　身陷地牢的蟾蜍知道,这座阴森恐怖的中世纪城堡已经将他和自由自在的阳光世界永远地隔绝开来了。就在不久前,他还在那里纵情欢乐,仿佛全英格兰的道路都被他买下了似的。一念至此,他绝望地扑在地上,泪流满面。"所有的一切都完了,蟾蜍先生的前途全毁了。我厚颜无耻地偷了人家的漂亮汽车,又莽撞无礼地辱骂警察,坐牢纯属罪有应得。现在我只能在这个地牢里悲苦度日了,总有一天,连那些以我为荣的朋友都会忘记我的名字。老獾多么睿智啊,河鼠多么机灵啊,鼹鼠多么聪明啊,世事洞明的他们分析判断得多么正确啊!唉,我这个倒霉的、孤苦无依的蟾蜍!"他就这样不停地日夜嗟叹,一连度过了好几个星期,其间茶饭未进。看守他的狱卒看到他的口袋里装满了钱,一个劲儿地点拨他,只要他肯出钱,就能为他弄到狱外的各种好东西,可他硬是什么都不要。

　　这狱卒有个女儿,经常帮助父亲干些监狱里的轻便杂活。她是位古道侠肠的可爱姑娘,还特别喜欢动物,她非常同情蟾蜍的凄惨处境。有一天,她对父亲说:"爸爸,我真是不忍心看着可怜的蟾蜍就这么一天天消瘦下去,请让我来看管他吧。我要亲手喂他吃东西,让他振作起来。"

狱卒对女儿说,她想怎么做就怎么做吧,他本人已经烦透了蟾蜍的阴阳怪气。于是,姑娘当天就带着她的慈悲心肠,打开了蟾蜍的牢门。

"蟾蜍,打起精神来,"她一进门就柔声低语道,"坐起来,擦干眼泪,做个有理智的动物。来,试着吃点饭吧。你看,我把自己的饭分给你了一些,刚出炉的,还冒着热气呢!"

那是一份油煎土豆卷心菜,扣在两只盘子中间,狭窄的牢房里顿时变得菜香四溢。蟾蜍正可怜巴巴地躺在地板上,闻到那扑鼻的香味,不禁精神一振,觉得生活并不像他想象的那般空虚绝望。不过他仍然装腔作势地哭着,两腿乱踢,不理会姑娘的安慰。聪颖的姑娘立刻退了出去,不过,热菜的香味却留了下来。蟾蜍一边抽泣,一边用鼻子闻着,渐渐地想到一些鼓舞自己的新念头。他想起了自己的朋友,他们肯定会努力营救他的;他想起了律师,他们一定会对他的案子感兴趣的,他觉得自己当时太愚蠢了,居然没多请几位律师。想到最后,他觉得自己依然拥有伟大的智慧,只要他肯动脑筋,就能做成任何事。就这么想着想着,之前的种种烦恼似乎全都不翼而飞了。

几个小时之后,姑娘又回来了,她端着一只托盘,盘里放着一杯热茶,还有一大盘热乎乎的黄油吐司。这次蟾蜍没有辜负姑娘的好意,他坐直身子,喝了一口茶,大口大口地吃起吐司来。很快,他的谈兴就上来了,他开始聊他自己,聊蟾宫,聊他的赫赫声名,聊他的知心好友。

姑娘发现聊天和热茶一样很能提振蟾蜍的精神,就鼓励他继续说下去。

找到听众的蟾蜍一发不可收拾,滔滔不绝地讲着他的种种有趣经历。很快,他又恢复成了那只骄傲自大的蟾蜍。在姑娘跟他道过晚安之后,他依然沉浸在兴奋的情绪里,连唱了两支小曲儿,才蜷起身子躺在稻草垫上,睡了一个美美的觉。

从那以后,他们经常凑到一起聊各种有趣的事情。不知不觉间,沉闷的日子过去了好多天,狱卒的女儿越来越同情蟾蜍,她觉得这么可怜的小动物只因为犯了一点微不足道的过失就被锁进了监狱里,实在有失公平。蟾蜍呢?他的虚荣心又膨胀起来了,他觉得姑娘对他的关心都是源自对他的爱情,他甚至还为他们社会阶层的巨大差距感到遗憾,因为她着实是个清秀标致的姑娘。

有天早上,姑娘看起来心事重重,回答蟾蜍的问题时漫不经心的,完全没有在意他的诙谐妙语和精彩评论。

"蟾蜍,"她开门见山地说,"你认真听好,我有个姑妈,是个洗衣婆。"

◎鼹鼠深深地沉醉在波光、涟漪、芳香、水声和阳光交织而成的新鲜生活里，他把一只爪子放进水中，做起了长长的白日梦。

◎他们卸下马具，让马去吃草，他们自己则坐在马车旁边的草地上吃了一顿简单的晚餐。

◎初进野林的时候，他一点也不觉得害怕。枯枝在脚下咯吱作响，横倒的树干偶尔绊他一下，树墩上奇形怪状的真菌，乍一看吓他一跳，但是细看都很有趣。

◎獾过冬的储备食物占据了半个房间——苹果、萝卜、土豆、各种坚果，还有成罐的蜂蜜，摆得满满当当；另外半个房间则摆了两张干净、柔软的小床。鼹鼠和河鼠迅速地脱衣、上床，进入了甜蜜的梦乡。

◎大门打开了，眼前呈现出美好动人的节日景象。十只围着红色围巾的小田鼠排成半圆形站着，他们演唱了一首古老的圣诞颂歌。

◎他们三个即刻出发了，等他们来到蟾宫门前时，果然看到了一辆崭新炫酷的红色跑车。

◎紧接着，他把几条床单系成了一条粗绳子，又把其中一端拴在了窗棂上，他沿着自制的绳子爬到了楼下。

◎他沿着河鼠的视线望去，看到了他们要找寻的吹笛者。依偎在吹笛者身边呼呼熟睡的，正是水獭走丢的儿子——胖胖。

◎蟾蜍用金币交换了老太太的一件印花棉布长袍、一条围裙、一条围巾和一顶褪色的女士黑帽。老太太提出的附加条件是让蟾蜍用布堵上她的嘴，然后捆住她，把她扔到墙角。

◎那只过路的老鼠来到他的跟前，用一种带着异国风味的姿势向他致意，然后微笑着在他身旁坐下来了。

◎鼹鼠见状忙把他扶到椅子上，自己则顺势坐在椅子旁边的桌子上，静静地守着好友。

◎ "太过分了。一只丑陋、肮脏、叫人恶心的癞蛤蟆，居然上了我这艘干净漂亮的船！这是我绝对不能容忍的！"说着，她放下舵柄，抓起蟾蜍，顺势一抡，把他扔到了河里。

◎车全速疾驰起来，蟾蜍被幸福冲昏了头脑，他忘乎所以地大嚷起来："什么洗衣婆？嘿嘿，我是蟾蜍！"

◎在一个风雨交加的夜晚，一群全副武装的黄鼠狼悄悄潜进了蟾宫的正门，一群穷凶极恶的雪貂悄悄占领了后院和下房，还有一群打游击的白鼬，悄悄控制了暖房和台球室。

◎整个屋子立刻乱作一团，充满了各种尖叫声、号啕声。

◎他站起身，锁住房门，拉住窗帘，把屋里的椅子摆成一个半圆形，自己走到正前方站好，深深地鞠了一个躬，纵情歌唱起来。

"好啦,好啦,"蟾蜍宽厚和蔼地说,"这没有关系,你不要再多想了。我有好几位姑妈,本来都要去做洗衣婆呢。"

"拜托,蟾蜍,你能安静会儿吗?"姑娘说,"夸夸其谈,是你最大的毛病。我在想一个主意,你打断了我的思路。我刚才说了,我有个姑妈,她是个洗衣婆,整个城堡所有囚犯的衣服都是她负责洗的。她每周一上午把要洗的衣服取走,每周五下午把洗好的衣服送回来。今天是周四,我想你明天可以用钱去笼络一下她,让她把她的衣帽借给你,然后你就可以假扮成洗衣婆逃出监狱了。你们俩有很多相像的地方,尤其是身材。"

"我和她才不像,"蟾蜍气冲冲地说,"我的身材多么优美啊,对一只蟾蜍而言。"

"我姑妈的身材也很好,对一个洗衣婆而言。"姑娘说,"你爱怎么说就怎么说吧,你这只讨厌的、自以为是的、忘恩负义的动物!亏我还为你难过,想帮你一把呢。"

"好啦,你别生气,我真的特别感谢你,"蟾蜍急忙说,"可问题是,你不能让蟾宫里的蟾蜍先生假扮成洗衣婆满世界溜达吧?"

"那你就在这里继续当你的蟾蜍,等着四轮马车来接你离开吧。"姑娘也有些生气了。

蟾蜍总是非常善于承认错误。"你是一位善良聪明的好姑娘,"他说,"我是一只骄傲愚蠢的臭蟾蜍。求求你,把我介绍给你尊贵的姑妈吧!我相信,那位优秀的女士一定能和我达成双方都满意的协议。"

第二天傍晚,姑娘把她的姑妈带进了蟾蜍的牢房。由于姑娘事先跟老太太打好了招呼,蟾蜍又特意将一些金币摆放在了桌上最显眼的地方,协议很快就达成了。蟾蜍用金币交换了老太太的一件印花棉布长袍、一条围裙、一条围巾和一顶褪色的女士黑帽。老太太提出的附加条件是让蟾蜍用布堵上她的嘴,然后捆住她,把她扔到墙角。她解释说,希望能凭借这样一个伪造的现场,再加上她编织的一套有模有样的情节,最终保住她的工作。

蟾蜍愉快地接受了这个建议,因为以这种彪悍的方式逃离监狱,可以延续他亡命之徒的名声。他尽其所能地帮助姑娘布置现场,好让她的姑妈看起来的确是个无力反抗的受害者。

"现在轮到你了,蟾蜍,"姑娘说,"请脱掉你的外套和马甲,你已经够胖的了。"

她一边大笑着,一边帮蟾蜍穿上印花棉布长袍,系好围裙,裹上围巾,戴好帽子,使他看上去和洗衣婆别无二致。

"好啦,蟾蜍,再见吧,祝你好运!"姑娘说,"顺着你来时的路往外走!如果有人跟你搭讪,你可以简短回复一下,但必须谨记,你是一位寡妇,不能坏了名声。"

带着一颗惴惴不安的心,迈着尽可能稳健的步伐,蟾蜍小心翼翼地上了路。和洗衣婆相仿的粗短身材,人人都熟悉的印花棉布长袍,仿佛是一张通行证,让他顺利地混过了大大小小的岗哨。他遇到的最主要的危险,是卫兵们老拿俏皮话跟他搭讪,他不得不忍住内心的不屑,做出与洗衣婆身份相匹配的回答。

蟾蜍感觉自己走了好几个小时,才穿过了城堡的最后一个庭院。在拒绝了最后一间警卫室的热情邀约之后,他终于听到了监狱大门在身后关闭的声音。当外面世界的清新空气吹拂到他焦虑的前额时,他再次确认自己真的重获自由了!

如此轻而易举就冒险成功，这让蟾蜍有些飘飘然。他大步流星地向远处亮灯的小镇走去，完全不知道下一步该怎么办，心里唯一确定的是他必须尽快离开，因为他假扮的那个洗衣婆，在这一带是人人都熟识和喜欢的人物。

他边走边想，忽然发现前方不远处，小镇的一边，有红绿灯在闪烁。蒸汽机车的轰鸣声，火车拐进岔道的撞击声，也都传进了他的耳朵。"耶！"他自言自语，"今天真是走运，此刻我最需要的就是火车站了！我再也不用扮演这个丢脸的角色了，再也不用绞尽脑汁地跟别人周旋了，虽然那很有用，但实在辱没我的尊严。"

蟾蜍走进火车站，查看了列车时刻表，发现最近一班开往蟾宫方向的火车还有半个小时就出发。他倍感兴奋，急匆匆地跑到售票处买票。

他报了距离蟾宫最近的站点名称，便习惯性地伸手往他的马甲兜里掏钱。他努力地摸啊摸，摸啊摸，却突然想起：他把他的外套、马甲、钱包、钱、手表全都落在地牢里了。事实上，正是那些东西，使他的生活具有意义，让他能够成为一个有许多口袋的动物、上帝的宠儿，而不是一个只有一个口袋甚至根本没有口袋的低等动物。

身陷窘境中的蟾蜍只能孤注一掷，他摆出惯有的优雅风度，又像乡绅又像学究地说："噢，我忘带钱包啦，请先将票给我好吗？明天我就派人把钱送回来。在这一带，我是很有名气的。"

售票员瞧了一眼他那褪色的女士黑帽，冷笑道："如果您老玩这种把戏，您肯定会出名的。现在，女士，请您离开售票窗口，不要耽误后面的旅客买票。"

蟾蜍带着满腹委屈与绝望，在火车停靠的站台上漫无目的地瞎逛，泪水顺着两腮滚落了下来。他想,眼看就能回家过安全无忧的生活了,却因为缺少几个该死的先令,被那狗眼看人低的售票员给挡了回来,实在是太郁闷了。再这么晃下去,他逃狱的事就会被发现,追捕一旦开始,他难免又要被逮回去,还会受到比之前更为严厉的惩罚与看管。唉,到底该怎么办呢?对了,他曾见过一些学生,把父母给的车钱花到别处,就是用这个法子混上车的。他能不能模仿一下呢?他一边盘算着,一边来到机车跟前。一位健壮的司机,左手提着油桶,右手拿着棉纱,正在认真地为机车上油。

　　"您好,大妈!"司机跟他打了个招呼,"您遇到什么麻烦了吗?看起来不太高兴呢。"

"唉，先生，"蟾蜍说着，又哭了起来，"我是个又穷又倒霉的洗衣婆，我把钱全弄丢了，没法买火车票了，可我今天又必须赶回家。苍天啊，我到底该怎么办呢？"

"您真是够背的，"司机思忖着说，"钱丢了——回不了家——孩子们还在等着您，我猜对了吧？"

"家里一大堆孩子呢，"蟾蜍抽泣着说，"他们肯定饿坏了，他们还会玩火柴，打翻油灯——那帮捣蛋鬼，还会没完没了地吵架。天哪，天哪！"

"我有个主意，"好心的司机说，"您说您是个洗衣婆，这太好了。您看，我是个火车司机，天天脏得要命，我换下的那一大堆脏衬衫，我太太都洗烦了。要不你回家以后帮我洗几件衬衫，我让您搭我的机车，如何？这原本是违反公司制度的，但是好在这一带比较偏僻，管得没那么严。"

闻听此言后，蟾蜍的苦恼一下子飞到了九霄云外，他火速爬上了机车。当然了，他这辈子从没洗过衬衫，即使有心去洗也是枉然，因此他根本就没打算给司机洗衬衫。他的如意算盘是等回到了蟾宫，就派人给司机送一大笔洗衣服的钱。

信号员挥了挥手中的小旗，示意发车，火车司机立即拉响了汽笛，火车隆隆地驶出了站台。车速越来越快，田野、树木、篱笆、牛群、马群从蟾蜍的两边飞一般地闪过。他激动不已地想，时间每过一分钟，他就距离蟾宫更近了，离他富有爱心的朋友、放在衣兜里的钱、柔软舒适的床和美味佳肴更近了。想到这一切，他忍不住蹦上又蹦下，还欢乐地唱起了歌。他的怪异举止，让火车司机大为惊讶，因为他从来没有见过这样的洗衣婆。

火车行驶了许多英里之后，蟾蜍开始筹划到家后的第一顿晚餐，这时他注意到火车司机一脸疑惑地把头伸出了窗外，随后又爬上了车顶往后看。回到机车里,他对蟾蜍说:"太奇怪了! 明明咱们是开往这个方向的最后一班车了,可我发现后面居然又跟来了一辆车。"

蟾蜍即刻停止了他那轻率滑稽的动作,变得严肃而忧伤,脊椎低处的隐痛一直传到了他的腿上。此时的他只想坐下来,努力控制自己不去想那种种坏的可能。

月光变得越来越亮,很长一段距离的景物都能看得清清楚楚,火车司机重新爬到车顶往后看,他大声地喊道:"我看清了,是一辆机车正在追我们。车上还有一群奇怪的警察,正在挥舞手枪和手杖,要求我们停下。"

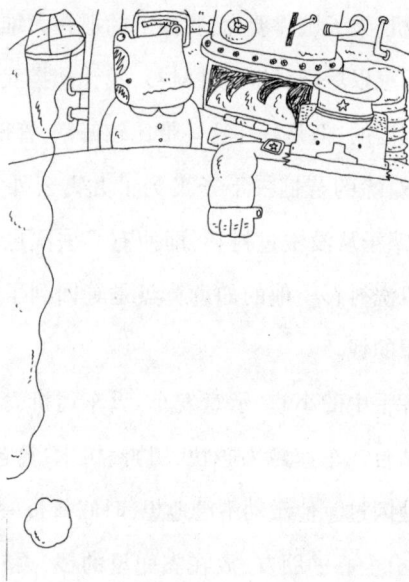

蟾蜍彻底绝望了,他低头跪在煤堆上,举起合拢的两只爪子,哀求道:"好心的司机,求求你救救我! 我向你坦白,我根本不是什么洗衣婆,也没有一大堆孩子在家等我。我是一只蟾蜍,远近闻名的乡绅——蟾蜍先生,我刚凭借我非凡的胆识从一座地牢里逃出来。我是被仇家陷害才冤屈入狱的。要是再被后面的警察抓住,我这个无辜的蟾蜍肯定又要过那镣铐、面包、清水加草铺的悲惨生活了!"

火车司机异常严厉地盯着他,问:"老实交代,你到底是因为什么入狱的?"

"其实没什么大问题,"蟾蜍满脸通红地说,"我不过是在车主吃午餐的时候,借用了他们的车,反正他们当时也用不着它。我压根儿就没打算偷车,可是人们尤其是法官们,竟然把这种草率冲动的行为看得这么严重!"

火车司机面色凝重地说:"恐怕你确实是一只坏蟾蜍,我有权让你遭受正义的惩罚。不过你现在的处境确实太悲惨了,我实在不忍心抛弃你。再说我本来就讨厌汽车,更不喜欢在开火车的时候被警察指挥。你放心吧,我会尽我最大的努力来帮助你的,或许咱们可以击败他们。"

他们不停地往炉子里添煤,以便让火车跑得更快一些,但是后面的机车还是渐渐赶了上来。火车司机对蟾蜍说:"这样恐怕不行。他们的机车性能好,负重少。咱们只有一个办法了,你听好。前面有一个隧道,随后是一片密林。待会儿过隧道的时候,我全力加速,他们怕出事肯定不敢追。一出隧道,我就紧急刹车,等车速慢到可以安全跳车,你就跳下去,趁他们还没钻出隧道,你抓紧躲到密林里。然后我再全力加速,逗引他们来追我,到那时就任由他们追好了。你现在要做好跳车的准备了,时刻注意听我口令!"

火车司机的拯救计划完美地实施了,蟾蜍安全地躲进了密林里。只是此时已是深夜,蟾蜍又冷又饿又累,他就找了一个树洞安顿了下来,一觉睡到了天明。

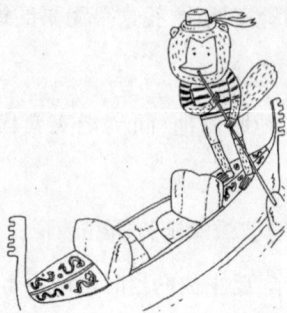

第九章　天涯旅人

秋天来了，羽毛界的朋友开始陆续南迁。在这样一个告别季，想要沉下心来干点正事是很难的。河鼠漫不经心地沿着河岸散步，恰巧遇到了三只正在低语交流的燕子。

"怎么？就要出发了吗？"河鼠走到他们跟前问道，"你们着急个什么劲啊？真是荒谬可笑。"

"嘿，就算你这么安排，我们暂时也不出发，"第一只燕子回答说，"我们只是筹划一下，今年飞哪条线路啊，在哪里落脚啊，等等。就这也很有趣哦！"

"有趣？"河鼠说，"我真是难以理解。即便你们非要离开这片乐土，非要离开亲爱的朋友和刚安顿好的家，那等到了该出发的时候，就硬着头皮勇敢地飞走呗。可是现在，不是还没到那时候嘛，怎么还当成乐事谈论起来了？"

"你当然理解不了，"第二只燕子说，"首先，我们的内心涌动着一种甜蜜的不安，然后有关南方的回忆就像信鸽一样，一个接一个地飞了回来。当那些早已遗忘的名称、声音和气味经常性地萦绕在身边时，我们就变得特别渴望交流，以便确认这一切都是真实的。"

"你们今年能不能留下来，待个完整的一年呢?"河鼠满怀期待地向他们建议，"我们会尽力让你们感到像在自己家那么舒服的。以往你们总是飞得老远，根本不知道我们在这里多么快乐!"

"有一年，我试着留下来过，"第三只燕子说，"刚开始的时候还好，后来就撑不住了，夜晚实在太长太无聊，白天实在太冷太阴暗，一亩地里都找不出一只虫子。后来我就重新往南飞了，当我经过一番努力飞到南方的湖泊上时，我又一次晒到了暖融融的太阳，吃到了肥美的虫子，那种幸福的感觉真是太美妙了。自从有了那次教训，我再也不违背南方的召唤了。"

"耶,是的,南方的召唤!"另外两只燕子兴奋地叽叽喳喳起来,"南方的歌,南方的颜色,南方明媚的阳光,你还记得吗?——"他们沉浸到了美丽的回忆里,以至于把身旁的河鼠都遗忘了。

"喂,那你们为什么还要回来?"河鼠略带妒忌地问道,"这贫乏、单调、狭窄的地方,还有什么可以吸引你们呢?"

"你认真想一下,"第一只燕子说,"等恰当的季节来临,北方难道不会召唤我们吗?那茂盛的草地,湿润的果园,布满虫子的池塘,低头吃草的牛羊,正在晾晒的干草,拥有完美屋檐的建筑,不都会召唤我们吗?"

"你以为,"第二只燕子说,"只有你才渴望再次听到杜鹃的歌声吗?"

"到了恰当的时候,"第三只燕子说,"我们也会被乡愁击中,思念起英格兰溪水上漂浮着的静美睡莲。不过,在今天,那些似乎太过苍白、单薄、遥远。因为,此时此刻,我们身体里的血液呼应的是另一种音乐。"

燕子们又自顾自地交流了起来,这回他们谈论的是蓝色的大海、金色的沙滩和有壁虎爬来爬去的围墙。

河鼠心神不安地离开了,他走到一条尘土飞扬的小路旁边,在阴凉的树篱下躺了下来。在那里,他认真地观察着往来的行人,猜想着他们即将在远方碰到的各种好运和奇遇。

又有一阵脚步声传来,一只风尘仆仆的老鼠映入他的眼帘。那只过路的老鼠来到他的跟前,用一种带着异国风味的姿势向他致意,然后微笑着在他身旁坐下来了。他看上去非常疲惫,河鼠就让他在那儿休息,没有问什么,因为他明白:当疲惫的身体放松和劳累的大脑休息的时候,只有沉默的陪伴才是最可贵的。

这只过路的老鼠很瘦削,有一张尖尖的脸,肩背微缩,眼角长满皱纹,纤巧别致的耳朵上还戴着小小的金耳环。他上身穿一件褪色的蓝运动衫,下身穿一条沾满了泥污的蓝色裤子,随身细软都包在一块蓝色的手帕里。

这位陌生的老鼠休息得差不多了,就主动和身边的河鼠聊起天来。

"朋友,从你的身材来看,我猜你是位内河水手。你的日子应该过得蛮不错的,只要你身体强壮能干活,你拥有的肯定是这世界上最幸福的生活。"

"没错,这才是生活,唯一值得追求的生活。"河鼠梦游般地回应着,但并不似往常那般信心十足。

"我说的不完全是这个意思,"老鼠谨慎地解释道,"当然肯定是最好的。因为我刚刚体验过六个月,所以我知道。不过现在我要离开这种生活,去南方流浪,听从往事的呼唤,回到旧日的生活轨道。只有那种生活才是真正属于我的,它不容许我离开。"

"唔,难道他也是要南迁的动物吗?"河鼠暗暗揣测着。他张口问道:"你刚从哪边过来啊?"他并不敢询问对方是往何处去,因为那答案似乎太过明显。

"从一个美好的小村庄来,"老鼠指了指北方,回答道,"在那里,我拥有我想要的一切,我过得志得意满。可是现在我来到了这里,不过我同样喜欢这里。因为我已经走了很多路,距离我梦想中的地方又近了很多。"

他充满渴望地看着远方,眼睛里闪着喜悦的光。

"你和我们不是一类,"河鼠说,"你肯定不是农场老鼠,甚至都不是我们这个国家的老鼠。"

"没错,"过路的老鼠说,"我是一只航海鼠,我最初起航的港口是君士坦丁堡,不过在那里我也是一只外国老鼠。嗨,朋友,你听说过挪威国王西格尔德吗?他曾带领六十艘大船驶往君士坦丁堡,受到了皇帝的热情款待。后来西格尔德返回挪威的时候,他有一部分手下没有随行,而是留下来参加了皇帝的御林军。我的祖先也随着西格尔德呈送给皇帝的一艘船留了下来,从此我们家族的老鼠都当上了海员。"

"我想你一定经常出海旅行,"河鼠饶有兴趣地问道,"一个月接一个月地看不到陆地,食物供给短缺,连饮水也要分配,但是心却和大海紧密相连,你眷恋这种生活吧?"

"不是这样的,"航海鼠坦率地说,"你描述的那种生活一点也不适合我。我绝大多数时间都在海岸上生活,很少会离开陆地。南方有很多海港,它们的气味、灯火辉煌的夜晚,都特别让人神往。"

"嗯,或许你选择的是一种更好的生活方式,"河鼠有所迟疑地说,"能给我讲讲你有趣的海岸生活吗?说实在的,我今天觉得自己的生活特别贫乏。"

"先给你讲讲我最近一次出海吧,"航海鼠滔滔不绝地讲了起来,"我是从君士坦丁堡起航的,先是朝着希腊群岛前进,后来又转到了亚德里亚海,在意大利的威尼斯上岸了。威尼斯真是一座超级棒的城市,那里的老鼠可以随心所欲地溜达闲逛。要是走累了,晚上还可以坐在大运河边上,和朋友们一起聚餐豪饮。天上繁星点点,河里的刚朵拉紧紧地并排着,你可以踩着它们从岸这边走到岸那边!噢,还有美味的鲜贝!得,得,这个还是不提了吧。"

河鼠听得入了迷,他遐想着自己也登上了一艘刚朵拉,正在运河上面漂啊漂。

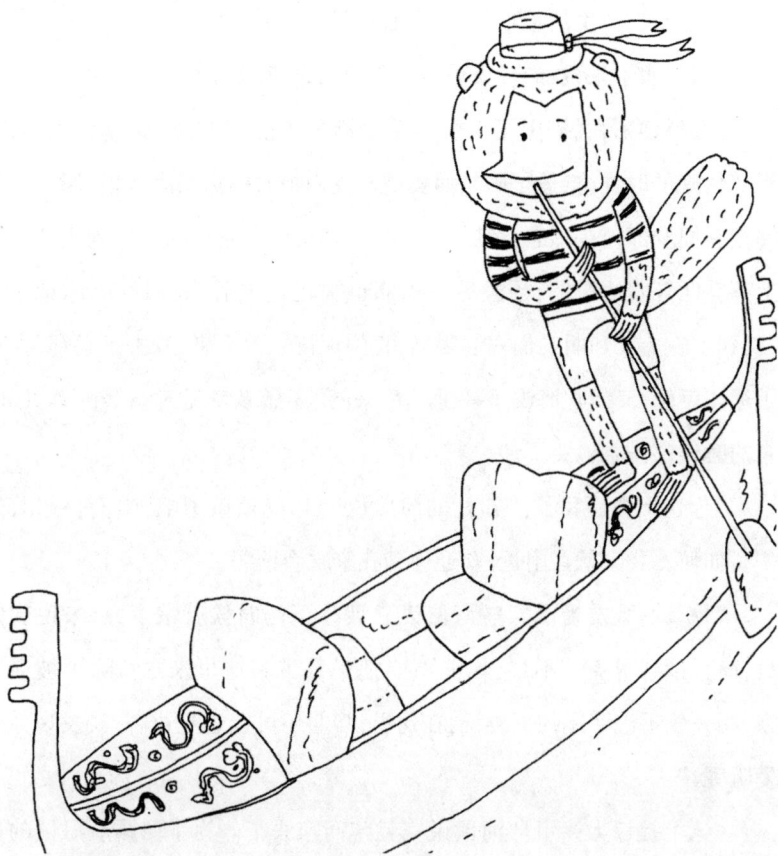

"后来我们又沿着意大利的海岸线前行，抵达了巴勒莫。在那里，我离船上岸，度过了一段美妙的时光。一般来说，我从不死守一条船，因为那会让我变得视野狭窄、思想偏颇。再后来，我去了热情四射的西西里岛，等待腻了我又搭上了开往萨丁尼亚和科西嘉的商船。"

"那个你们称它为货舱的地方，是不是闷热难耐啊?"河鼠问道。

航海鼠冲着河鼠挤了下眼睛。"我可是个不一般的航海高手哦，"他坦白地说，"我在船长室待得很舒服。"

"据说，航海生活很艰苦的。"河鼠低声说。

"对于水手来说，的确很艰苦。"航海鼠严肃地回应了一句。

"在科西嘉，我搭上了一艘运葡萄酒的大船。"航海鼠继续讲他的旅程，"傍晚的时候，抵达了阿拉西奥港。我们把酒桶扔到海水里，用一根长绳把它们全部拴在一起，然后水手乘上小艇，拖着它们向岸边划去。沙滩上有马匹等着运送酒，当最后一桶酒也被运走之后，我们可以休息一会儿，到了晚上又和朋友们一起喝酒，直到深夜。再后来，我去了马赛，参观了远洋巨轮，又胡吃海喝了一通。后来，我还做梦梦见过马赛的鲜贝，醒来的时候都伤心地哭了。"

"你这下提醒我了，"知礼的河鼠说，"你应该饿了吧，咱们一起共进午餐如何？我家就在附近，欢迎你到我家吃个便餐。"

"你真是太友爱了，"航海鼠说，"我坐下的时候就饿了，后来说起鲜贝，简直饿到胃痛。不过，你能不能把午餐带到这里来吃？除了被逼无奈，我一般不进茅屋的。再说，在这里，咱们还可以边吃边聊，我发现你很爱听呢。"

"这个提议太棒了！"河鼠说完就跑回家去了。为了照顾航海鼠的口味，河鼠拿出了法国面包、奶酪和葡萄酒，装满了一整只午餐篮子。等他回到路旁的树篱下，两只动物就大快朵颐起来。航海鼠对河鼠的美食鉴赏力赞叹不已，河鼠兴奋得小脸红彤彤的。

航海鼠差不多填饱了肚子，就接着讲他的航海故事，他带着河鼠这位忠实的听众游遍了西班牙、法国和英格兰的众多港口，体验了海岛探宝、深海垂钓、重返故里等各种经历。

河鼠听得心醉神迷，激动得不能自已，在恍恍惚惚的白日梦里，他仿佛看到航海鼠已经站起身来，但是嘴巴仍在动个不停。

"现在，我要重新上路了，远方的海港还在等着我呢。小兄弟，你也来吧，因为光阴宝贵，机不可失。不妨就听从一次内心的召唤，冒一次险吧！只要你'砰'地关上身后的大门，迈出坚实的一步，你就告别了旧生活，跨入了新生活。当你在外面闯荡够了，你就回到河边的老家，和朋友们一起分享精彩的故事。你很容易就能赶上我的，因为你还年轻，我已经老了，行动迟缓。我会边走边回头看你的，我相信，我一定能看到你满怀期待地向着南方走来。"

航海鼠的声音越来越小，后来就干脆听不到了，河鼠呆呆地站在原地，只看见前方的路面上有一个移动的小点。

河鼠机械般地收拾好了午餐篮子，又回到了家里，机械般地把各种生活必需品和他最珍爱的宝贝都装进了背包里，然后他把背包背在肩上，手拿一根粗棍，准备出门。当他一脚踏出大门的时候，鼹鼠来了。

"喂，河鼠大哥，你这是要去哪里啊?"鼹鼠一把抓住河鼠的胳膊，惊讶地问道。

"去南方，和别的动物一起，"河鼠像说梦话一样地喃喃道，看都没看鼹鼠一眼，"先去海边，然后乘坐轮船，再然后去那些召唤我的海岸。"

河鼠痴痴地往前走着，一点儿停下的意思都没有。鼹鼠着急了，赶忙用身体挡住他的去路，同时盯着他的眼睛仔细观察，他发现河鼠目光呆滞、不似寻常。于是，他用力地把河鼠抓住，拖回了房间，又把他摁在地上，紧紧不放。

河鼠拼命挣扎了一会儿，然后像是突然丢失了全部的力气，躺在地上一动不动，双眼紧闭，浑身哆嗦。鼹鼠见状忙把他扶到椅子上，自己则顺

势坐在椅子旁边的桌子上,静静地守着好友。河鼠歇斯底里地干号了一阵,后来进入了惊惧不宁的浅睡眠状态,嘴里不时嘟囔着一些外国逸事,再后来,他就沉沉地睡去了。

傍晚时分,河鼠醒了,不过依然萎靡不振,一语不发。鼹鼠察看了下他的眼睛,发现他的眼睛又变回了往常一般的乌黑清澈。这下,鼹鼠放心了,开始逗引河鼠说话,想努力让他振作起来。

鼹鼠装作漫不经心地谈起了秋日里正在丰收的庄稼、红透了的苹果,然后谈到了冬天那闲散舒适的室内生活。河鼠慢慢听进去了,他开始和鼹鼠交谈,脸上消极倦怠的情绪也渐渐消散了。

看到河鼠的转变,鼹鼠趁热打铁地拿出了纸和笔,放在好友的面前。

"你好久没有写诗了,"他说,"今晚你可以写点儿试试,或许心里能更好受点。"

　　河鼠听从了鼹鼠的建议,他时而聚精会神地酝酿诗句,时而在纸上写下那么一两行字。尽管河鼠酝酿的时间远远超过书写的时间,但鼹鼠还是满足地笑了,因为他给好友实施的治疗已经奏效了。

第十章　蟾蜍奇遇记续篇

树洞口是朝东的，因此蟾蜍很早就被明亮刺眼的阳光弄醒了。他坐起身，揉了揉眼睛，又揉了揉被冻得生疼的脚趾，一时竟闹不清自己到底身处何地。他环视四周，发现没有熟悉的石墙和铁窗，然后，他的心猛地一跳，什么都想起来了——他从监狱逃跑，被人追捕，而最重要也最幸福的一点是他自由啦！

自由，单单这个词语和想法就抵得上五十条温暖的毛毯。一想到外面的欢乐世界正等待着他的凯旋，蟾蜍浑身血液沸腾，他抖了抖身体，用爪子清理掉了头上的枯叶，大步走进了清晨的阳光里。一夜的安睡和阳光的拥抱，彻底驱散了他昨天的恐惧不安。

这个清晨，整个世界仿佛都是蟾蜍的，他穿过树林，踏过草地，走上乡间公路，到处都是静悄悄的。走着走着，公路旁边出现了一条运河，蟾蜍想向它问路，可是它对陌生人的搭讪置之不理。

"真可恶，"蟾蜍自言自语道，"不过我知道，它一定是从什么地方来，到什么地方去的。"他耐心地沿着运河边向前走去。

过了一个河湾，蟾蜍看到一匹马正步履沉重地拉着一艘驳船朝他走来，船上掌舵的是一个头戴亚麻遮阳帽的壮硕女人。

"太太，今天早晨的天气很不错呀！"掌舵女人把船划到了蟾蜍的身旁，跟他打招呼。

"是的，太太！"蟾蜍走到她旁边的纤道上，彬彬有礼地说，"的确是个美好的早晨，不过像我这样遇到麻烦的人实在无心欣赏。我那结了婚的女儿给我寄了封加急信，让我抓紧赶到她那里。可信上也没说她到底出了什么事儿，我着急得百爪挠心，扔下家里的活计——我是帮别人洗衣服的——还有几个淘气的小屁孩就跑出来了。更倒霉的是,我后来弄丢了钱,还迷了路。太太,您说说,我现在到底该怎么办呢?"

"您女儿住在什么地方呢,太太?"船娘问。

"她就住在大河边上,"蟾蜍说,"挨着一个叫蟾宫的漂亮别墅。您听说过吧?"

"蟾宫?太巧了,我正要往那个方向走呢。"船娘说,"再往前几英里,运河就和那条大河汇合了,离蟾宫也就不远了。上船吧,我载您一程,不收钱的。"

她把船划到岸边,蟾蜍千恩万谢,上了船,他的心里美滋滋的,忍不住暗想:"我蟾蜍的好运又来啦,我总是能化险为夷,绝处逢生,耶!"

船缓缓地前行。"太太,您刚才说您是洗衣服的?"船娘很有礼貌地说,"我觉得,您这是特别吃香的行业。我这样说不算冒失吧?"

"应该说,这是整个国家最棒的行业!"蟾蜍开始得意忘形地胡编乱造,"所有的上等人都只愿意来我这里洗衣服。就是倒贴他们钱,请他们去别家,他们都不去。您瞧,我不仅业务特别纯熟,还亲自参与所有的工序,什么洗啊、熨啊、上浆啊,修整绅士们参加晚宴的高档衬衣啊——一切都得在我的亲自监督下完工。"

"太太,这些活儿您不是全都自己亲自干吧?"船娘恭敬地问。

"噢,我还雇了很多姑娘呢,"蟾蜍随口胡诌道,"经常干活的有二十多个。不过,您知道的,现在的姑娘们都是什么德行啊!懒惰的小贱货,我平时都这么喊她们。"

"我也这么觉得,"船娘打心眼里表示赞同,"一帮懒骨头!不过我想,您肯定有办法收拾她们。您本人应该特别喜欢洗衣服吧?"

"喜欢,"蟾蜍说,"简直着了迷。当我把双手泡进洗衣盆时的那种快乐,真是难以言语。而且我洗起衣服来还很轻松,几乎不费力。太太,我跟您说,洗衣服那真是人生享受啊!"

"遇到您,真是我的福气!"船娘有所谋划地说,"应该说,是咱俩的福气!"

"唔？这话什么意思啊?"蟾蜍感到不妙,立刻紧张起来。

"是这样的,您瞧,"船娘说,"我和您一样喜欢洗衣服。其实吧,就算不喜欢,自家衣服肯定也得我来洗。不过,我丈夫呢,老是偷懒,非让我来照管船,搞得我都没时间料理家务。按理说,他现在应该在这里,要么掌舵,要么赶马——幸亏我们这马很听话,能自个儿管自个儿。可是他却不务正业,带上猎狗出去打兔子了,还说跟我在下一个水闸会合。也许吧,不过我是不太相信他。最麻烦的是,我又攒了一堆衣服没时间洗。"

"先别想洗衣服的事啦,"蟾蜍说,"还是想想兔子吧。他们肯定能打着一只肥肥嫩嫩的大兔子。您这里有洋葱吗?"

"我现在的心思全都在洗衣服上呢,"船娘说,"我不明白,眼前就有一件能让您倍感幸福的美差,您怎么还有闲情逸致谈论兔子呢？船舱的角落里有一大堆我的脏衣服,您只需要挑几件,把它们洗干净,就能好好享受一番,顺便还能帮我一个忙。那样您就不用像现在这么无聊地坐着,干对着风景打哈欠了。"

"我还是帮您掌舵吧,"蟾蜍慌里慌张地说,"那样您就有时间洗衣服了。因为我害怕我会把您的衣服洗坏了,或者洗得不合您的心意。其实我更习惯洗男装,那才是我的专长。"

"让您掌舵?"船娘大笑着说,"要想稳当地给一艘驳船掌舵,可是需要花费很长时间来练习的哪。再说了,这个活计很无趣,我想让您开心开心。我看还是您干您喜欢的活,我干我熟悉的活吧。我真的很想好好款待您一番,还请不要见外哦。"

这下蟾蜍被逼上了华山一条道。他本想尝试逃走,但发现离岸太远,飞跃过去是不现实的。于是,他横了横心,决定屈从于命运的安排,他想:"洗衣这种活就是个笨蛋也会干的。"

他从船舱里拿来了洗衣盆、肥皂和其他洗衣用的家什,随手挑了几件衣服,努力回想以前在洗衣房看到的细节,动手洗了起来。然而不管他怎么努力,就是无法和衣服搞好关系,所有的污渍都好端端地冲他扮着鬼脸。他小心翼翼地看了船娘几次,发现她在专心掌舵,好像没有留意到他的窘样。

大约忍受了半个小时的煎熬之后,蟾蜍累得腰酸背痛,两个爪子也被

泡得皱巴巴的,他低声抱怨了一句:"唉,这是第五十次掉肥皂了!"

话音刚落,身后传来一阵笑声,他赶忙回头去看,只见船娘笑得前仰后合,连眼泪都笑出来了。

"我一直暗中观察你呢,"她喘着粗气说,"从你吹牛皮的时候,我就知道你是个骗子了。还假冒什么洗衣婆,我看你这辈子连块抹布都没洗过!"

蟾蜍的怒气原本一直在隐忍,这下被船娘的讥笑彻底点燃了。

"你这个庸俗、低贱、肥胖的船婆子!"他大吼道,"竟敢这样跟上流人士讲话! 什么洗衣婆? 我是一只美名远扬、高贵显赫的蟾蜍! 虽然我现在有点儿落魄,但我决不允许你这样的船婆子嘲笑我!"

船娘凑到他跟前,仔细看了看他帽子下面的脸。"哎呀,还真是只蟾蜍!"她喊道,"太过分了。一只丑陋、肮脏、叫人恶心的癞蛤蟆,居然上了我这艘干净漂亮的船! 这是我绝对不能容忍的!"说着,她放下舵柄,抓起蟾蜍,顺势一抡,把他扔到了河里。

"扑通"一声,蟾蜍落进了水里,尽管此时的河水很凉,但却没有浇灭他高傲的精气神和满腔的怒气。他挣扎着浮出水面,抹掉眼角的浮萍,第一眼看到的正是那壮硕的船娘,她正倚在船尾,边欣赏他的窘样边哈哈大笑。蟾蜍被河水呛得不停咳嗽,他发誓一定要雪耻报仇。

蟾蜍奋力游到了岸边,辛苦地爬了上去,累得气喘吁吁。不过他几乎没有休息,就提着湿透的裙子去追驳船。

当他跑到和船娘并排的位置时,她还在笑:"洗衣婆,快把你自己扔进轧干机里轧一轧,再用熨斗熨一熨,你差不多就能当一只体面的癞蛤蟆了!"

蟾蜍懒得和船娘打嘴仗,他要追求的是实实在在的复仇,而非廉价空洞的口头胜利。他跑得越来越快,最后追上了那匹拖船的马,解开纤绳随手一扔,然后纵身一跃,骑上马背。他骑着马离开了纤道,直奔开阔的原野,后来又拐进了布满车辙的小路。中间他曾回头看了一次,发现驳船已经搁浅了,船娘正气得跳脚,连声喊着:"停下,停下,快停下!"蟾蜍才不理会,继续策马往远处飞奔。

拖船的马并不适应长时间的快速奔跑,它很快就由飞奔转为慢跑,后来又降为缓行。不过蟾蜍还是很满意的,因为他好歹是在前进,而驳船早就一动不动了。

慢慢地行走了几英里之后,蟾蜍和马来到了一片公共草场。

在那里,他发现了一辆又脏又破的吉卜赛大篷车,旁边有一个男人正在煮饭。咕嘟咕嘟的冒泡声,食物散发的诱人气味,让许久没吃饭的蟾蜍感到饥肠辘辘。他确认自己是真的饿了,如果无法尽快进食,没准他又会惹出新的麻烦。他仔细观察那个吉卜赛人,暗自盘算到底是跟对方打架呢,还是用好话哄骗呢。他骑在马背上,盯着吉卜赛人看;吉卜赛人则坐在草地上,盯着他看。

不一会儿,吉卜赛人发话了:"你这匹马卖不卖啊?"

蟾蜍闻听此言,心中大喜,他想:若是成功卖掉这匹马,就能得到他最想要的现金和早餐了。只是表面上他仍不动声色地说:"卖掉这匹马?绝对不可以。要是卖了它,谁把洗好的衣服驮到顾客家呢?而且我特别喜欢这匹马,它也特别喜欢我。"

"换头驴试试,"吉卜赛人建议道,"有好多人很喜欢驴呢。"

"你好像还没看出来,"蟾蜍说,"我这匹良驹根本不是你能高攀得上

的。它可是纯种马，还在比赛中获得过大奖。不过话说回来了，你要是真心想买我的马，准备出多少钱啊？"

　　吉卜赛人细细打量了一番马，然后说："一条腿一先令。"说完，他就转过身，继续吸烟去了。

　　"一条腿一先令？请稍等一下，我来合计合计。"蟾蜍边喊边溜下了马背，放马去吃草，自己来到吉卜赛人的身旁，扳着手指头算了一会，说："一条腿一先令，四条腿才四先令。那可不行，总价太低了。"

　　"这样吧，"吉卜赛人说，"我再加一先令，这可是最后报价了。你爱卖不卖！"

蟾蜍坐下来,反复思量了一阵。他实在太饿了,身无分文,连离家到底有多远也不清楚,这等情形下五先令算是一笔可观的进账了。然而,五先令就卖掉一匹马似乎太亏了,不过好在这马是白赚的,他卖多少钱都是纯收入。想清楚之后,他对吉卜赛人说:"六先令六便士,要现金;另外,你得赠送我一顿免费早餐,就是你锅里正在煮的香喷喷的东西,还必须得让我吃饱。作为交换,我把这匹活蹦乱跳的小马和它身上的漂亮马具全部给你。你要是不乐意,那就算了,咱们各走各路。反正这附近也有个人想买我的马,都求了我好几年了。"

吉卜赛人大发牢骚,抱怨蟾蜍太过精刮,不过最终他还是从裤兜深处掏出了六先令六便士,放在了蟾蜍的前爪里。然后,他钻进大篷车,取出了一只大铁盘和一副刀、叉、勺子。他歪倒大锅,让热腾腾、黏糊糊的炖菜滑进了盘子里。那简直是世界上最美味的炖菜,混合了山鹑、野鸡、家鸡、野兔、家兔、雌孔雀、珍珠鸡等食材熬炖而成。蟾蜍接过盘子,放在膝上,激动得快要哭出来了。他大口大口地吃着,等光盘之后又让吉卜赛人给他加上新的,他继续吃,一直吃到肚子滚圆。蟾蜍觉得,他这一辈子从没吃过这么美味的早餐。

蟾蜍吃饱之后,便和吉卜赛人还有那匹马道了别,兴冲冲地踏上了新的征程。一想到自己屡次遇险却总能安然无恙,他按捺不住地狂妄自大起来。他居然把自己的经历编成了一首蟾蜍赞歌,一路走一路扯着喉咙高唱。

在乡间小道上走了几英里之后,蟾蜍上了公路。他往路远处眺望时,发现有一辆汽车正向他迎面驶来。

"哇,真是想什么来什么!"蟾蜍兴奋地大喊道,"真正的生活又要开始了！我要和他们打招呼，我还要给他们编一个绝妙的故事，我要让他们捎上我一程。要是运气好的话，或许直接就能回到我朝思暮想的蟾宫啦！"

他胸有成竹地走到路中央，示意汽车停下来。汽车从容地驶过来，逐渐放慢了速度。然而，就在这时，蟾蜍的脸唰地一下变得惨白，他的双膝也打战发软，整个身体瘫倒在地，缩成一团。可怜的蟾蜍，难怪他会吓成这样，因为驶过来的汽车正是那天他在"红狮"客栈偷出来的那辆，车上坐着的正是那天他遇到的吃午餐的那一拨。

蟾蜍万念俱灰，不停地叨叨着："完蛋啦！又要落到警察手里，戴上镣铐，回到暗无天日的监狱。唉，我真是太傻了！为什么不等到天黑，再沿着偏僻的小路偷偷溜回家呢？为什么非要高唱自吹自擂的歌曲，还要大摇大摆地在公路上拦车呢？"

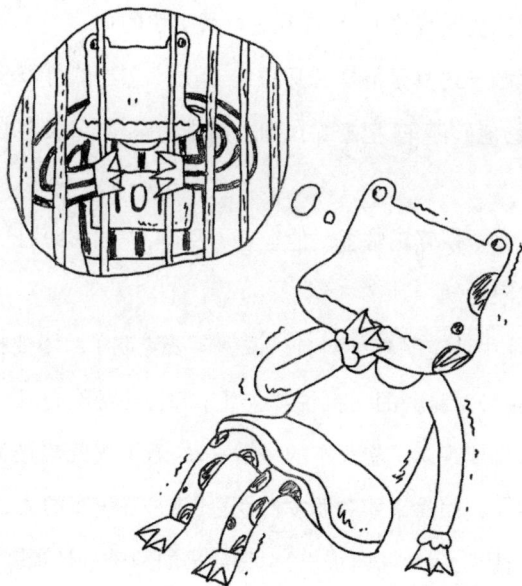

那辆汽车驶得越来越近了,最后在蟾蜍身边停了下来。两位绅士走下车,围着瘫倒在路中央的这个倒霉蛋转了一圈。其中一个说:"天啊,太惨了!是个洗衣婆晕倒了。她可能是中暑了,也可能是饿晕了。咱们还是把她抬上车,送到附近的村子里吧,那里应该有熟识她的人。"

他们小心地将蟾蜍抬上车,让他倚在柔软的椅垫上,又继续赶路。

蟾蜍听到他们充满同情的话语,知道自己没被认出来,渐渐恢复了胆量。他试探着睁开了一只眼睛,又慢慢睁开了另一只眼睛。

"瞧,"一位绅士说,"她醒了。新鲜的空气确实管用。您觉得怎么样啊,太太?"

"太感谢你们了,先生,"蟾蜍声音微弱地说,"我觉得好多了。"

"那太好了!"那位绅士说,"不过您还是尽量休息,少说话!"

"我会的,"蟾蜍说,"不过我想坐在汽车前排,挨着司机,那样可以让新鲜的空气直接吹到我脸上,兴许我会好得更快的!"

"嘿,您这脑子还真是清楚,"那位绅士说,"您当然可以坐在前排,没问题的。"随后,他们停车,把蟾蜍扶到了前排的座位上,又各自坐好,继续上路。

蟾蜍几乎完全恢复正常了。他坐直了身体,左顾右盼,试图克制内心想要开车的无限冲动。

"这就是命中注定啊!"他对自己说,"不要克制了!不要挣扎了!"

于是,他转身对身旁的司机说:"先生,您能发发善心,让我开一小会儿车吗?我认真地观察了您开车的一举一动,看上去既轻松又有趣,所以我也想试一下。我想将来能和朋友们炫耀,我是开过车的人。"

听到这个请求,司机哈哈大笑,引得后排的绅士赶忙追问这是怎么回事。听司机解释完之后，绅士对蟾蜍说："太棒了，太太！我欣赏您的勇气。"然后他又对司机说："就让她试试吧，你在旁边好生照看着！"

司机刚刚让出座位，蟾蜍就迫不及待地坐了上去，双手握住方向盘，故作谦逊地聆听司机的指导。他把车发动了起来，不过动作非常慢，非常小心。

后排的绅士们啧啧称赞："一个洗衣婆居然把车开得这么好，太不可思议了！"

蟾蜍渐渐加快了车速，这让绅士们非常惊慌，他们大喊："小心啊，洗衣婆！"这话让他有些气恼。

司机想动手制止，但被蟾蜍用胳膊肘顶在座位上动弹不得。车全速疾驰起来，蟾蜍被幸福冲昏了头脑，他忘乎所以地大嚷起来："什么洗衣婆？嘿嘿，我是蟾蜍！我是偷车能手、越狱要犯、屡遭磨难但总能逃离升天的英勇蟾蜍！你们全都给我坐好，好好看看美名远扬、车技超群的蟾蜍是怎么驾车的！"

车上的人惊讶地叫起来，全都往蟾蜍身上扑。"抓住他！"他们喊道，"抓住这个可恶的偷车贼！把他扭送到警察局去！"

他们的话音还未落，蟾蜍已经猛打方向盘，让汽车从路边的树篱里穿了出去。它一下腾向空中，猛烈地颠簸了几下，旋即落进了饮马塘里。

蟾蜍也被高高地抛上了天，然后"砰"的一声，四脚朝天地落在了草地上。他坐起来看了看，饮马塘里的汽车已经快要沉没了，绅士们和司机正在水里扑腾挣扎。

他火速跳起来，朝着原野的方向没命地跑，累得上气不接下气；刚想放慢速度，却又听到了后面的追赶声，只好重新加速。跑着跑着，他忽然一脚踩空了,掉进了湍急的水流里。这时他才发现,自己慌不择路,竟然瞎跑进了大河里。

他努力冒出水面,想抓住河边的芦苇,可总也抓不牢,只能任由自己被水流冲向下游。蓦地,他发现前方不远处的河边有个大黑洞,他就在流水冲着他经过的时候伸出爪子,抓住了洞的下缘。他艰难地把身体拖出水面,爬进了洞口。

等他唉声叹气地往洞深处看时,看到了两个小光点快速朝他移来。

哇!居然是他暌违已久的好友——河鼠!

第十一章　他的眼泪像滂沱的夏雨

河鼠把浑身沾满污泥与水草的蟾蜍带回了自己家。

重新回到朋友身边的蟾蜍，变得分外热情活泼。"河鼠老弟，"他说，"自打上次和你分别以后，我遇到的那些事儿，你绝对想象不出来。那真是惊心动魄、曲折精彩啊！来，让我慢慢讲给你听！"

"蟾蜍，"河鼠面容严肃地说，"你赶紧上楼去换身行头！我还没见过比此刻的你更寒酸、邋遢、丢人现眼的动物呢！"

蟾蜍起初不愿顺从，还想回敬河鼠几句。他想，当时在监狱的时候老是被人使唤，现在好不容易出来了，居然又被一只老鼠使唤，真是难以忍受。不过，当他从镜子里看到自己的潦倒形象之后，立刻改变了主意，乖乖上楼去了。他沐浴洗刷了一番，换上了河鼠的衣服，站在镜子面前自我欣赏起来，心中暗想："那群白痴，居然能把我错当成洗衣婆，真是蠢到家了！"

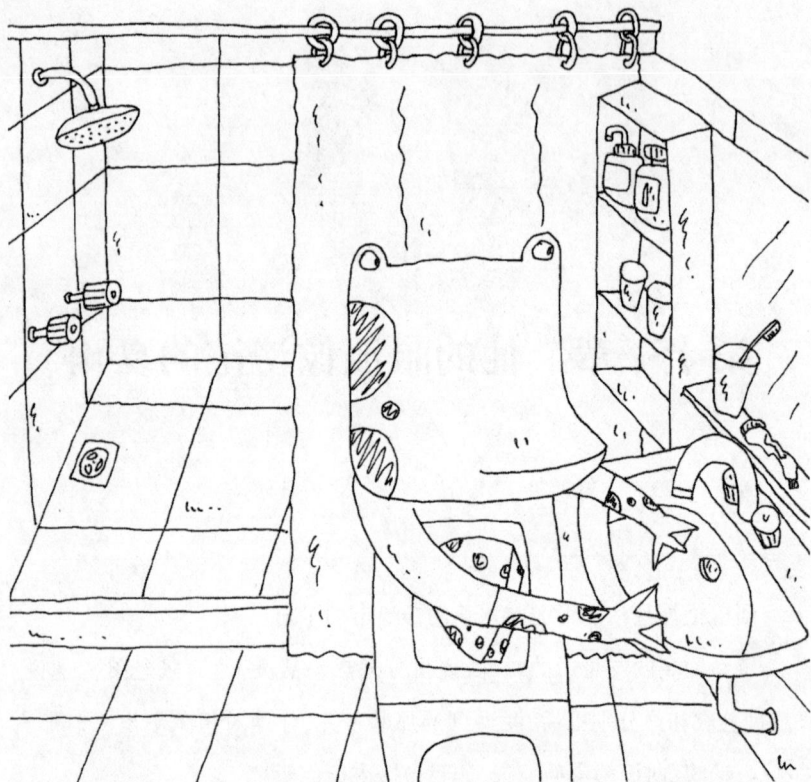

蟾蜍下楼,看到午餐已经摆在桌上,便坐下和河鼠一起享用美味。吃饭的时候,他把自己的奇遇从头到尾地讲述了一遍。然而他越是讲得神乎其神,河鼠的脸色就越是难看。

蟾蜍总算讲完了,接着是短暂的沉默,然后河鼠发话了:"蟾蜍老兄,我不愿意让你难受,因为你最近吃的苦已经够多了。可是说真的,你没觉得自己已经变成一个白痴了吗?我不明白,被捕入狱,挨饿受冻,蒙受屈辱,遭到嘲弄,被一个女人扔进河里,究竟有什么好玩的?所有这一切,说到底都是因为你硬要去偷别人的汽车。你自己想想,从你迷上汽车开始,已经闯了多少祸,遭了多少罪了。就算你非玩汽车不可,你也没必要去当个小偷吧？你什么时候才能清醒一点,也替你的朋友们想想,为他们争口气？我现在出门在外,背后总有其他动物指指点点,说我的哥们是个惯犯,你想想我心里是什么滋味?"

听完这席话,蟾蜍深深地叹了口气,他恳切地说:"河鼠老弟,你说的都对！我过去真是个狂妄自大的蠢货,不过从今以后我准备做一只好蟾蜍,再也不惹是生非了。至于汽车嘛,自从我掉进你家河里的时候,就对它不怎么感兴趣了。因为我在攀住你的洞口喘气的时候,又有了一个关于摩托艇的绝妙主意。好了,不要动气,这还只是个想法而已,咱们现在不去谈它。咱们喝点咖啡,再抽根烟,一起聊聊天,回头我就慢慢悠悠地溜达回蟾宫,继续过我的闲散日子去喽!"

"慢慢悠悠地溜达回蟾宫?"河鼠激动地叫了起来,"你在说什么呀？难道你还没听说吗?"

"听说什么?"蟾蜍变得紧张起来,"请说下去吧,河鼠老弟。不用怕我承受不起!"

"难道,"河鼠用拳头狠狠地捶了下桌子,说,"你没有听说白鼬和黄鼠狼的事吗?"

"什么？野林的那些家伙?"蟾蜍浑身颤抖地喊道,"他们到底干了什么?"

"他们霸占了蟾宫!"河鼠说。

蟾蜍把胳膊肘撑在桌子上,两只爪子托着下巴,圆鼓鼓的大眼睛里涌出了大滴大滴的泪水。

"说下去,河鼠老弟,"过了一会儿,他说,"我能撑住,最难受的时刻已经熬过去了。"

"自打你——惹出——那件——麻烦事之后,"河鼠缓慢而郑重地说,"我是说,在你惹上了偷车官司,很久没在社交场合露面之后——"

蟾蜍明白地点了点头。

"大家都议论纷纷,"河鼠接着说,"动物们呢,基本分成了两派。河边的动物都向着你,为你打抱不平,说现在这个国家已经没有正义可言了。可野林的动物不这么认为,他们说你是罪有应得,早就该制止你的恶行了。他们还四处散布流言,说你彻底完蛋了,这辈子再也回不来了。"

蟾蜍又点了点头,继续一言不发。

"他们那些动物一贯是这副德行,"河鼠接着说,"不过鼹鼠和獾到处替你宣传,说你肯定能回来的。虽然他俩也不知道你到底怎么回来,但是他俩相信你一定有办法回来。"

听到这里,蟾蜍稍稍正了正身体,嘴角现出一丝不易觉察的笑意。

河鼠继续说:"他俩说,像你这么伶牙俐齿的动物,还拥有丰厚的家产,任是哪条法律都无法给你定罪。所以,他俩就搬到蟾宫给你看家护院。然而,他俩也没有预计到后来会发生那样的事。在一个风雨交加的夜晚,一群全副武装的黄鼠狼悄悄潜进了蟾宫的正门,一群穷凶极恶的雪貂悄悄占领了后院和下房,还有一群打游击的白鼬,悄悄控制了暖房和台球室。"

"当时鼹鼠和獾正在吸烟室的炉火边谈天说地呢。突然,那些暴徒破门而入,从四面八方扑向他俩。他俩拼命抵抗,可又有什么用呢?两只手无寸铁的动物怎么能斗得过那几百只暴徒?那些坏家伙毒打了他俩一顿,把他俩轰出了蟾宫,还辱骂了好些不堪入耳的脏话。"

听到此处,没心没肺的蟾蜍居然一下笑出了声,不过他很快就又严肃了起来。

"从那以后,野林的那些坏家伙就一直住在蟾宫,"河鼠说,"他们吃你的,喝你的,把你家糟蹋得乌烟瘴气,还编排了很多讥讽你的笑话。更要命的是,他们宣称,要在蟾宫永远住下去!"

"呸!他们敢?"蟾蜍激动地站起来,抓了一根大棒要回蟾宫。

"没有用的,蟾蜍,"河鼠追着他喊,"你快回来坐下,不然你又要闯祸了!"

可是蟾蜍已经大步走开了,河鼠追也没追回来。他扛着大棒,骂骂咧咧地走到了蟾宫大门前。突然,栅栏后面蹿出一只高个子雪貂,手里还握着一杆枪。

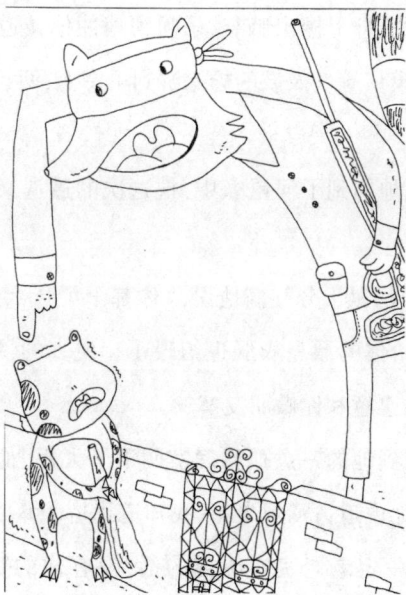

"来者何人?"雪貂厉声问道。

"废话!"蟾蜍怒气冲天地嚷道,"你用这种口气跟我说话,是什么意思? 快滚开,不然我就——"

雪貂没搭话,只是把枪举到了肩头。蟾蜍迅速卧倒在地上。砰! 一颗子弹从他头上掠过。蟾蜍吓得拔腿就跑,身后传来了雪貂的阵阵狂笑。

他灰头土脸地回来了,把惊险经历讲给河鼠听。

"我怎么跟你说来的?"河鼠说,"没有用的! 他们布好了岗哨,还都有武器。你必须等待合适的时机出现才行。"

不过蟾蜍还是不肯罢休,他把河鼠的船划了出去,一直划到了蟾宫附近。他本想先进船坞再回家,然而他刚把船划到河湾口,就被一块从桥上推下来的大石头砸烂了船底。船迅速地沉了下去,蟾蜍在河水里挣扎。这时两只白鼬从桥栏杆上探出脑袋,乐呵呵地冲他喊道:"下次就该轮到你的脑瓜啦,癫蛤蟆!"等气鼓鼓的蟾蜍游到了岸上,两只白鼬还互相抱在那里笑作一团。

蟾蜍垂头丧气地回到了河鼠家中,把这次的遭遇又一五一十地讲给了朋友听。

"唉,你瞧瞧!"河鼠十分气恼地说,"你都干了什么好事?! 把我心爱的船毁了,把我借给你的漂亮衣服也给毁了! 说真的,蟾蜍,我都不知道以后还有什么动物愿意和你做朋友?"

蟾蜍马上意识到他的一意孤行确实闯下了大祸,他一个劲儿地向河鼠道歉,恳切谦逊地说道:"河鼠老弟,我知道我是个莽撞任性的动物。请你相信我,今后我一定老老实实听你的话,没有你的赞同,我决不擅自行动!"

"如果真是这样的话，"温厚的河鼠已经气消了，"那我建议你坐下来吃晚餐。等鼹鼠和獾回来了，咱们一起好好商量商量。"

"噢，好的。"蟾蜍不甚上心地说，"鼹鼠和獾，这两位老朋友最近怎么样啊？我都快把他们忘了。"

"亏你还能想起来问一声。"河鼠厉声道，"当你开着豪华汽车四处兜风，骑着骏马潇洒奔驰，尽情享用天下美食的时候，你那两个可怜的朋友正在风餐露宿，守护你的蟾宫，监视那群黄鼠狼和白鼬。像这样忠诚善良的朋友，你真是不配拥有！真的，你不配！"

"我就是个忘恩负义的畜生，"蟾蜍痛心地抽泣起来，"我现在就要去找他们，我要和他们一起吃苦受难。我要用行动证明——等一会儿，我听到碗碟的叮当声了。我们要开饭了吗？哇，太好啦！"

蟾蜍和河鼠刚享用完丰盛的晚餐，就听到了重重的敲门声。

蟾蜍立刻紧张了起来，河鼠冲他神秘地点了点头，径直走向门口。

大门打开后，獾先生走了进来。他鞋子上都是泥巴，衣衫不整，毛发蓬乱。他一脸严肃地走到蟾蜍面前，握住蟾蜍的前爪，说道："欢迎你回家，蟾蜍。唉，我刚才说什么了？回家，没错，也算是回家吧。只是你这回家之旅真是太悲惨了，小倒霉蛋。"说罢，他走到餐桌旁坐下，切了一大块冷馅饼吃起来。

很快，一阵较轻的敲门声响了起来。河鼠打开门，把鼹鼠带进了屋。

"啊呀，这不是蟾蜍嘛！"鼹鼠喜出望外地喊了起来，"想不到你这么快就回来了。一定是越狱了吧，你这个足智多谋的家伙！"

河鼠急忙拽了拽鼹鼠的衣袖，可是已经晚了。

蟾蜍又吹嘘起来："足智多谋？哪里哪里？我只不过是从英格兰守备

最森严的监狱里逃了出来而已。只不过是劫持了一辆火车而已。只不过是乔装打扮,蒙骗了所有人而已。我这样能叫足智多谋吗?我朋友说我是个蠢货耶。鼹鼠,我给你讲一两个我的小故事吧,你来评判评判。"

"好啊,"鼹鼠说着向餐桌走去,"我边吃边听你讲,好吗?我自打吃了早饭之后,还一直饿着呢。"他坐下,大口吃起冷牛肉和泡菜来。

蟾蜍走到鼹鼠旁边,从裤兜里掏出一把银币。"瞧瞧,"他骄傲地展示着,"不赖吧?几分钟我就骗到手啦!鼹鼠,你猜我怎么弄的?卖马!"

"继续讲啊,蟾蜍。"鼹鼠听得津津有味。

"蟾蜍,你安静些吧,"河鼠说,"鼹鼠,你也别怂恿他了,他什么毛病你还不知道吗?你快跟我们说说正事,现在蟾宫情况怎么样啊?"

"别提了,糟到不能再糟。"鼹鼠说,"我和獾没日没夜地在那儿转悠,结果情况都一样。到处都有岗哨,拿着枪指着我们,还朝我们扔石头。"

"看起来不太妙,"河鼠说,"不过我隐约有了个好主意,我觉得蟾蜍应该这么做……"

"拉倒吧,那肯定不行。"鼹鼠说,"我觉得他应该这么做……"

"呸,我才不听你们两个的,"蟾蜍叫了起来,"那是我的房子,我想怎么干就怎么干。告诉你们,我准备……"

他们三个扯着喉咙争了起来,这时,獾喊了一声:"都给我闭嘴!"整个房间立刻安静了下来。

獾站起来,走到蟾蜍的面前,声色俱厉地说:"你这个惹是生非的小混蛋!你不觉得丢脸吗?要是你父亲,我的那位老朋友今晚在这里,知道你都干了些什么,他会怎么想呢?"

蟾蜍本来是跷着腿靠在沙发上的,闻听此言,立刻把头埋进了沙发靠垫里,呜呜地痛哭起来。

"好了,"獾的声音平和了一些,"别去想了,既往不咎,重新开始吧。不过鼹鼠刚才说的可都是真的,咱们肯定没法正面进攻。"

"那还能怎么办呢?"蟾蜍哽咽着说,"要不我去当兵算了,这辈子再也不见我亲爱的蟾宫了。"

"别这样,小蟾蜍,振作起来!"獾说,"夺回蟾宫,咱们有别的办法。首先我要向你们透露一个天大的秘密。"

"有——条——地下——通道,"獾神秘兮兮地说,"就从离咱们很近的河岸,一直通到蟾宫的中心。"

"獾先生,没有的,"蟾蜍立刻纠正道,"蟾宫的里里外外,每一个角落,我都了如指掌,根本没有什么地下通道。"

"我的年轻朋友,"獾面露不悦地说,"你的父亲,他和我是至交。他发现了那条通道,觉得日后如有危难,或许可以派上用场,为此他还亲自带我去看过。他对我说:'别让我儿子知道,他太轻浮,根本管不住自己的嘴。到了万不得已非要用到地道的时候,再告诉他吧。'"

河鼠和鼹鼠直勾勾地盯着蟾蜍,看他如何反应。开始蟾蜍有些愠怒,可是很快脸色就又好了,他就是这么一只脾气随和的动物。

"嘿嘿,"蟾蜍说,"我确实是有点多嘴多舌,不过谁让咱天生口才好嘛,还有人建议我办沙龙呢。不说这些了,獾,你继续讲吧。"

"我让水獭冒充扫烟囱的,去蟾宫讨活干。他听说,蟾宫明天晚上将要举行一个宴会,给黄鼠狼头领做寿,届时所有的黄鼠狼都要聚集到宴会厅里吃喝玩乐,什么武器都不会带。"

"可是岗哨还是会有布置的啊!"河鼠说。

"没错，"獾说，"地道的作用就在这里，因为它的出口正好就是储藏室，紧挨着宴会厅。"

"噢，我说储藏室里有块木板嘎吱作响呢，现在我全明白了。"蟾蜍说。

"咱们神不知鬼不觉地爬进储藏室。"鼹鼠喊道。

"带上手枪、剑和大棒。"河鼠嚷道。

"冲向他们。"獾说。

"痛击他们！痛击他们！"蟾蜍兴奋地在屋子里转圈跑，跃过了一把又一把的椅子。

"好，就这么决定了。"獾总结道，"咱们现在各自睡觉去，明早再做具体安排！"

一夜安眠之后，蟾蜍起床下楼，发现其他的朋友都已经吃过早餐了。鼹鼠已经溜出去了，獾坐在扶手椅上看报，好像全然忘记了晚上的行动。只有河鼠正在忙着搬运武器，还把它们分成了四组，嘴里念念有词："这把剑给我，这把给鼹鼠，这把给蟾蜍，这把给獾。这把手枪给我，这把给鼹鼠，这把给蟾蜍，这把给獾。"不一会儿，那四组就都堆得很高了。

"河鼠，你别瞎忙活了。咱们这次要绕开那些持枪的白鼬，根本用不上这些武器。咱们四个各拿一根大棒，闯进宴会厅，用不了五分钟，就能把他们扫平。其实，光我自己就行，但是我不想剥夺你们仨战斗的乐趣。"

"还是保险些好。"河鼠思考了一会儿说。

这时，鼹鼠翻着跟斗跑进了屋里，他充满自豪地说："太爽啦，我把那些白鼬生生给气疯了！"

"但愿你刚才没有莽撞行事。"河鼠有所担忧地说。

"肯定没有，"鼹鼠很有把握地说，"我今早起床，看见了蟾蜍昨天换下来的洗衣婆的行头,忽然想到了一个主意。然后我就假扮成洗衣婆,直奔蟾宫,我问那些哨兵:'今天有衣服要洗吗?'他们说:'滚开,我们值勤的时候不洗衣服。'我又问:'那其他时候洗不洗呢?'这下有几个白鼬恼了,当班的警官骂我:'洗衣婆,快滚!不准和值班哨兵闲聊天!'我说:'让我滚?我看过不了多久,就是你们滚了。'"

"啊呀,鼹鼠老弟,你怎么这么冲动啊?"河鼠惊慌地说。

獾也放下了手中的报纸。

"我看他们竖起耳朵,互相对视了一眼,"鼹鼠接着说,"警官说:'别理她,她在这儿胡说八道哩。'我说:'什么我胡说八道,我看明明是你不知道。好吧,让我来告诉你。今天晚上将有一百只獾提着来福枪,从围场那边进攻蟾宫。将有六船河鼠沿河而上,从花园登陆。还有一支生猛的蟾蜍敢死队,将要猛攻果园,报仇雪恨。等他们把你们扫荡一空,你们就彻底不用洗衣服了,除非你们趁早撤了。'说完,我就跑了,躲到树篱后面偷看他们。他们已经乱作一团,四处逃散了。那个警官只好重新调兵,他派出一队队的白鼬到远处巡逻,一会儿又派别的白鼬把他们叫回来。我听到他们乱嚷嚷说:'都怪那群黄鼠狼,他们花天酒地,让咱们在这里挨冻受累,没准儿还会被心狠手辣的獾大卸八块。'"

"鼹鼠,你个冒失鬼,"蟾蜍喊道,"你把咱们的计划全都搞砸了!"

"鼹鼠,"獾心平气和地说,"我看,你一个小指头里的聪明才智,都比某只动物肥胖身躯里装的多。你干得太棒了,我都对你刮目相看了,真是有智谋的好鼹鼠!"

蟾蜍嫉妒得要发疯了,尤其是他到现在也不明白鼹鼠的计策究竟妙在何处。幸运的是,午餐铃声响了,不然他又要乱发脾气,或是被獾奚落了。几只动物一起吃了熏肉、扁豆和通心粉布丁,然后便分头活动,等待傍晚的来临。

第十二章 荣归蟾宫

天快黑了,河鼠把伙伴们召集到客厅,然后挨个为他们装备好出征的武器。他给每只动物都系上了一根腰带,又在腰带两侧分别插上了刀和剑,然后给每只动物发了两把手枪、一根警棍、几副手铐、一些绷带和胶布、一只水壶和一个装三明治的盒子。獾笑着说:"行了,河鼠老弟。装备这些武器也就是让你过过瘾的,我只要用这根大棒就能搞定一切!"河鼠说:"獾,请多包涵。我只是希望事后你不要埋怨我准备不周全。"

万事俱备,他们要出发了。獾一手提着昏暗的灯笼,一手握着他的大棒,说:"好了,现在跟我来!鼹鼠紧跟着我,因为我对他很满意,河鼠跟在鼹鼠后面,蟾蜍排在最后。蟾蜍,你这会儿可给我听仔细了,不许像平时那样唠唠叨叨,不然就把你扔回去,我保证说到做到!"

蟾蜍担心自己会被留下,就默默地接受了獾分配给他的末等位置。

獾领着大家沿河走了一段路,然后他突然一猫腰,钻进了河堤上稍稍

高出水面的一个小洞里。鼹鼠和河鼠也紧跟着进了洞,可是轮到蟾蜍的时候,他偏要故意滑倒,"扑通"一声跌进水里,还惊声尖叫起来。伙伴们把他捞上来,从头到脚地按摩了一遍,又给他拧了拧湿衣服,扶着他站起来。獾生气了,他警告蟾蜍,要是再搞这种洋相,就不带他去了。

最后,他们都进了秘密通道,在里面摸索着前行。走了许久,獾说:"咱们现在离蟾宫很近了。"

地道开始变得向上倾斜,他们卖力地往上爬了一段,听到了从正上方传来的欢呼声。獾说:"看来黄鼠狼的生日宴会已经开始了,咱们抓紧吧。"他们一口气冲到了地道的尽头,发现自己已经站在了储藏室那道活动门的下面。

　　宴会厅里喧闹震天，那群动物完全没有察觉到即将到来的危险。獾说："小伙子们，一起用力！"活动门被顶开了，他们依次爬了出来，然后躲在储藏室里细听隔壁的动静，伺机而动。

　　宴会厅里的欢呼声和敲击声渐渐平息了，一个声音出来说："好了，我不准备耽误大家的时间……"（热烈的鼓掌声）"可是在落座之前，我还想为咱们的东道主蟾蜍先生说几句好话。咱们都认识蟾蜍。"（哄堂大笑声）"蟾蜍先生是善良的，谦虚的，诚实的！"（尖笑声）

　　"我要出去痛扁他！"蟾蜍气得咬牙切齿。

　　獾使劲摁住他，说："再忍一分钟！大家先做好准备！"

　　"接下来，我要为大家演唱一首自编的歌曲，主题就是咱们的蟾蜍先生。"隔壁的声音接着说。（经久不息的掌声）

　　接着，那个说话的黄鼠狼头领用他尖细的声音唱了起来：

　　　　蟾蜍寻开心，

　　　　出门逛大街……

　　獾站直了身子，握紧了大棒，向伙伴们扫视了一眼，喊道："是时候了，走！"

　　他猛地撞开宴会厅的门，四位英雄都气势汹汹地闯了进去。

　　整个屋子立刻乱作一团，充满了各种尖叫声、号啕声。吓得魂飞魄散的黄鼠狼们有的躲在了桌子底下，有的赶忙跳窗而逃；吓得六神无主的雪貂们齐齐奔向壁炉，结果全挤在烟囱里无法动弹。力大无穷的獾，手执大棒呼呼挥舞；脸色严峻的鼹鼠，高高抡起木棍，大喊着令人心惊胆战的口号:"鼹鼠来啦！鼹鼠来啦！"腰间塞满各种武器的河鼠,英勇果敢地痛击敌人;蟾蜍呢,因为复仇心切,身躯比平素涨出一倍,跳到半空呱呱乱叫,瘆得敌人毛骨悚然。"谁唱蟾蜍寻开心啊,我就要拿他寻开心！"蟾蜍朝着黄鼠狼头领直奔而去。其实他们只不过才四只动物,可是那些惊慌失措的黄鼠狼和雪貂们觉得,整个大厅里全部都是怪兽,灰的、黑的、棕的、黄的,处处都有愤怒的狂吼,处处都是凶狠的棍棒。

四位英雄很快便取得了战斗的胜利。他们在大厅里认真搜索,发现一个脑袋,就狠狠地给他一棒,用了不到五分钟就基本扫清了敌人。除了逃离蟾宫的绝大多数,最后还剩下了几十个敌人横七竖八地躺在地上,鼹鼠给他们戴上了手铐。獾劳累了一场,满头大汗,倚靠着他的大棒休息。

"鼹鼠,"他说,"干得漂亮！你现在抄近路去外面巡查一下,看看白鼬卫兵都在干什么。我觉得,因为你的功劳,咱们今晚应该不用和他们缠斗了。"

接到命令后,鼹鼠马上越窗而出。獾指示另外两个伙伴扶起一张桌子,从满地狼藉里捡出一些还能用的刀叉杯盘,又让他们到处找找食物,看能不能拼凑出一顿晚餐。"我真是太饿了,"獾说,"蟾蜍,活动活动筋骨吧。你看我们帮你夺回蟾宫了,你连块三明治都不给我们吃。"

蟾蜍满腹委屈,因为他没能像鼹鼠一样得到獾的赞许,他觉得自己其实表现得很棒,尤其是一棍子打倒黄鼠狼头领的那段。不过他还是和河鼠一起搜寻食物去了,他们陆续找到了一只冻鸡、一条猪舌、许多龙虾沙拉、一篮子面包卷,还有一些奶酪、黄油、芹菜、蛋糕等。

獾、蟾蜍和河鼠正准备开吃晚餐的时候,鼹鼠抱着一堆来福枪回来了。

"没问题,全都结束了。"鼹鼠汇报道,"那些白鼬本就惶恐不安,一听到大厅里的骚乱声,有的扔下枪就撒丫子跑了,有的稍微坚守了一阵,不过看到黄鼠狼向他们冲过来,还以为被出卖了,互相扭打在一起,多数都扭打着滚进了近旁的河里。现在他们已经彻底没影了,所以咱们安全了!"

"太好了!"獾说,"不过鼹鼠,我还得求你去办最后一件事,然后你才能坐下来和我们一起吃晚餐。我本不愿意再麻烦你,可是只有你办事,我才放心。河鼠要不是诗人的话,我会派他去的。我想让你把地板上躺着的这些家伙带到楼上去,看着他们收拾出几间干净的卧室来,然后再把他们赶出后门。等忙完了,你就下来吃这猪舌,绝对是头等美味。我对你今天的表现非常满意,鼹鼠!"

任劳任怨的鼹鼠带着他的俘虏小分队执行任务去了。过了一阵子,他满面春风地回来了,说事情都已经办妥了。说罢,他把椅子拉到餐桌旁,埋头嚼起猪舌来。蟾蜍完全忘记了早先对鼹鼠的妒忌,主动凑到鼹鼠跟前,诚恳地说:"亲爱的鼹鼠,太感谢你了!谢谢你今晚的辛劳,还有你早上的灵机一动。"听到这话,獾很开心,他说:"嗯,蟾蜍绅士这几句话说得特别好!"和和美美地吃完晚餐之后,大家都上楼睡觉去了。

第二天早上,照旧是蟾蜍最晚起床。等他下楼吃早餐的时候,桌子上只剩下几堆蛋壳,几片凉了的烤面包和空了四分之三的咖啡壶。这让蟾蜍的心情颇为不快,毕竟他才是这个家的正主啊。不过蟾蜍想还是凑合一顿吧,以后再跟他们算账。

蟾蜍快吃完的时候,獾走进来说:"抱歉,蟾蜍,你今天上午需要干很多活儿。因为咱们要举办一个欢庆胜利的宴会。按照规矩,这事必须由你来办。"

"好啊!"蟾蜍回答道,"只要你高兴,我都听你的。不过我有一点想不明白,宴会为什么要在上午举行呢?"

"别装傻了,"獾不耐烦地说,"宴会肯定是晚上举行,可是请柬必须在上午就写好然后发出去。好了,蟾蜍,你快坐到桌子那边,给咱们所有的朋友写请柬去吧。如果你能一气写完,那么午餐前请柬就能送出去。当然,我也不会闲着,我来筹备宴会餐。"

"什么?"蟾蜍的脸一下拉得好长,"这么美好的晨光,居然要把我关在屋里写信! 我不干! ——不过等会儿,嘿嘿,亲爱的獾,我还是干吧。为了神圣的职责和友谊,我决心牺牲这个早晨了!"

獾满脸狐疑,可蟾蜍的表情坦率而真诚,实在看不出他态度的忽然扭转到底是为什么。于是,獾转身离开,向厨房走去。

门一关上,蟾蜍就直奔写字桌。他变得如此积极,是因为他刚才在说话的时候想到了一个绝妙的主意,他要把自己在战斗中的主导作用写进请柬里。他构思好了这样一个草稿。

开场白　　蟾蜍

演讲　　　蟾蜍

内容概要:我国的监狱制度——英格兰的水道——马匹交易及

方法——财产、产权与义务——荣归故里——典型的英格兰乡绅

歌曲　　　蟾蜍(自己作词作曲)

蟾蜍对这个想法非常满意,他努力奋笔疾书,总算赶在午餐前把全部请柬写完了。这时,仆人来报告,说门外有只小黄鼠狼问有没有机会为先

生们效劳。蟾蜍大摇大摆地走出去看,发现小黄鼠狼正是昨晚的俘虏之一,他友好地拍了拍他的脑袋,把一厚沓请柬交给他,命令他尽快送达。

午餐时间到了,四个伙伴又美美地饱餐一顿。一吃完饭,蟾蜍就急着要去花园构思他晚上的演讲稿,结果他刚一起身,就被河鼠和獾拖到了吸烟室里。

"听着,蟾蜍,"河鼠说,"今天晚上的宴会没有演讲,也不搞唱歌。我们现在不是和你讨论,而是正式通知你这个决定。"

蟾蜍知道,他们这次抢在了他的前头,他的美好计划无法付诸实施了。

"我能不能只唱一首很短的歌?"蟾蜍可怜巴巴地哀求道。

"不行,再短的歌也不能唱。"河鼠坚定地说。不过他看到蟾蜍因为失望而嘴唇发抖时,也有些心疼,他说:"你知道的,那没有好处。因为,你的歌都是自我夸耀,都是庸俗夸张。"

"都是胡吹。"獾直截了当地说。

"蟾蜍,我们这是为你好呀,"河鼠继续说,"你肯定要洗心革面、重新生活的,眼下这个宴会正是难得的好机会。就让今晚成为你人生的新起点吧!"

蟾蜍沉默了许久、许久,最后他抬起头,脸上显露出已经被说动的神色。"你们赢了,我亲爱的朋友们,"蟾蜍哽咽着说,"其实,我本来只是想最后纵情发挥一晚,听听那久违的掌声。不过你们的坚持是对的。从今以后,我一定重新做人,不让你们因我而感到羞耻。唉,做人太难了!"

说完,他用手帕遮着脸,踉跄着走了出去。

"獾,"河鼠说,"我觉得自己太铁石心肠了。你怎么想啊?"

"是啊,我明白。"獾说,"不过我们必须如此。蟾蜍得重新赢回大家的尊敬,他不能再当所有人的笑料了!"

"嗯,"河鼠说,"幸亏咱们遇见了那只送信的小黄鼠狼。蟾蜍那请柬实在写得丢人现眼。现在鼹鼠正在用最朴素的卡片写着新请柬呢。"

宴会开始的时刻临近了,蟾蜍依然在自己的卧室里愁肠百结。忽然,他的脸色渐渐晴朗起来,一丝笑容浮现在脸上。他站起身,锁住房门,拉住窗帘,把屋里的椅子摆成一个半圆形,自己走到正前方站好,深深地鞠了一个躬,纵情歌唱起来。

为想象中的观众表演完之后,蟾蜍稍作装扮,径直下楼,迈进了宴会厅里。

他进去的时候,所有的动物都高声欢呼,他们簇拥到他的身边,祝贺他、恭维他、赞美他。不过蟾蜍只是微微一笑,低声说:"哪里哪里?""不敢当,不敢当!"他的谦逊表现,让动物们大为不解。宴会过半以后,一些年轻活泼的动物开始抱怨这次宴会没有往年那么有趣,他们敲着桌子起哄:"蟾蜍先生,来段演讲吧!要么唱支歌吧!"不过蟾蜍婉拒了他们的要求,只是一个劲儿地劝他们吃好喝好。

蟾蜍真的变了!

四位朋友重新过上了美好惬意的生活!蟾蜍和朋友们商量后,差人给狱卒的女儿送去了一条带有珍珠吊坠的黄金项链,还有一封连獾也认为足够谦虚诚恳的感谢信。火车司机也因为冒险相助得到了一份适当的酬礼。在獾的严厉催促下,那位胖船娘的马钱也得到了适当的补偿。对此,蟾蜍颇为不满,他声称是老天派他去教训那个胖女人的,谁让她有眼无珠,竟然冒犯一位真正的绅士。至于那位吉卜赛人对马的估价,当地的评估员说基本符合实际。

悠长的夏日黄昏,四位朋友有时会一起去野林散步。如今的野林已经很安全了,至少对他们是这样。他们通常都能遇到向他们恭敬致意的野林居民,有时还会遇到教导子女的黄鼠狼妈妈:"宝贝,你看。那是了不起的蟾蜍先生,他旁边的是英勇骑士河鼠先生。走在后面的就是远近闻名的鼹鼠先生!"据说,当孩子们不听话的时候,她们还会吓唬孩子,如果不乖就会有可怕的大灰獾把他们抓走。其实,这可真是对獾的污蔑,虽然他不喜社交,但是很喜欢孩子。不过这个育儿方法好像总是很灵验。

责任编辑　潘洁清
封面设计　薛　蔚
责任校对　王　莉
责任印制　朱圣学

封面绘画　李广宇
插　　图　郑　诃

图书在版编目（CIP）数据

柳林风声：插图本／（英）格雷厄姆原著；李琳编译.
—杭州：浙江摄影出版社，2016.4（2025.1重印）
（童年书系·书架上的经典）
ISBN 978-7-5514-1406-7

Ⅰ.①柳…　Ⅱ.①格…　②李…　Ⅲ.①童话—英国—
现代　Ⅳ.①I561.88

中国版本图书馆 CIP 数据核字（2016）第 059313 号

柳林风声〔插图本〕

［英］格雷厄姆/原著　李琳/编译

全国百佳图书出版单位
浙江摄影出版社出版发行
　　地址：杭州市环城北路 177 号
　　邮编：310005
　　网址：www. photo. zjcb. com
制版：浙江新华图文制作有限公司
印刷：三河市金兆印刷装订有限公司
开本：880mm×1230mm　1/32
印张：3. 625
插页印张：0. 5
2016 年 4 月第 1 版　　2025 年 1 月第 2 次印刷
ISBN 978-7-5514-1406-7
定价：32. 00 元